KB145603

대한문인협회 대구경북지회 동인문학집

# 동행의 길섶

시음사
시사랑음악사랑

## [발간사]

우리 모두
어느 별에서 왔을까?

긍정의 밥을 먹고
싱그러운 풀잎에 맺힌 이슬처럼
투명한 시어를 풀어내는
언어의 마술사로
여기 동행의 길섶에서 만났다.

이 또한 필연이 아닐까?

대한문인협회 소속된
대구경북지회 동인으로
문우의 따스한 정이
고스란히 시 한 줄에서 묻어나니

계절의 여왕 오월의 햇살이
갓 태어난 동행의 길섶을 향해
장미꽃 한 다발을 안고
축하의 웃음을 보내고 있구나.

지회장 유필이

# 목 차

동행의 길섶

# 김대식 시인

시인 / 작곡가
날개문학등단(2005년 3월)
날개문학회원
(사)창작문학예술인협의회 감사
대한문인협회 대구경북지회
　　　　　　사무국장
대한문인협회 운영위원
대한문인협회 저작권옹호위원회 회장
대한문인협회 시인대회 최종심사위원
대구경북지회 지회장
대구경북지회 기획국장
대구경북지회 총무국장
2015년 국가상훈편집위원회 "현대사의 주역들" 인물편 등재
* 저서
1시집 - 그대가 그리운 날엔
2시집 - 이젠 바람이고 싶다
3시집 - 저 별까지는 가야지
4시집 - 마음이 상한 날엔
* 공저
2007, 2008,2009,2010,2011,2012 특선시인선
대구경북동인지 "흔적"
그외 잡지 수록 다수
* 수상
2005년 날개 신인우수문학상
2006년 창작 문학예술인 베스트작품상
2009년 공로문학상
2009년 창작문학예술대상
2010년 대한문학세계 문학대상
2014년 한국문학우수 문학상

# 그대가 그리운 날엔

그대가 그리운 날엔
무작정 아무 곳이나 걷고 싶어집니다.
걷고 또 걸으면서
애꿎은 돌멩이만 걸어찹니다.

그대가 그리운 날엔
아무 풀밭에라도 가고 싶어집니다.
풀밭에 그냥 주저앉아
애꿎은 풀만 뜯어댑니다.

그대가 그리운 날엔
개울에라도 가고 싶어집니다.
공연히 개울가에 앉아
애꿎은 개울물만 후려칩니다.

그대가 그리운 날엔
공연히 울적하여
하염없이 넋 놓고
멍하니 하늘만 쳐다봅니다.

# 한글

김대식

신기하기도 신기해라
자음 모음 합쳐져 소리가 이루어지는 것이
너무도 신기롭다.
어쩌면 스물여덟 글자로
못 적는 소리 하나 없을까!

아름답기도 아름다워라
어쩌면 글자의 모양과 조합이
이리도 참 예쁠까!

묘하기도 참 묘해라
어쩌면 글자 모양이
입 모양과 소리 모양처럼 느껴질까!

우리의 한글 아름다운 우리글
어쩌면 이렇게 글자에 기(氣)가 있어
쉽게 쓰고 쉽게 읽고
다양한 표현도 세세하게 적어질까!

참 신기하기도 하지
정말로 너무도 묘하고 신기하지
어떻게 소리의 모양이
글자로 나타날까!
글자가 소리 모양으로 그대로 나타날까!

# 낙엽

김대식

이젠 너에게서 떠나야겠다.
더 이상 미련을 버려야겠다.
디 이상 매달린 이유도
이젠 기력조차 없음을
언제까지나
널 사랑하는 마음엔 변함이 없지만
이제는 떠나야 함을 알기에
사랑하기에 떠나야겠다.

아픔이야
아무도 모르게 감춰야지
속으로만 삭여야지
언제나 깨끗하게
마지막 모습은 아름답게 단풍으로 단장하련다.

질 때는 깨끗하게 미련 두지 말고 떠나가련다.
그래도 언제나 네 곁에서 서성이리.
너의 발부리에서 썩을진저
네 씨앗이라도 품었다가
새싹이라도 틔워 주마.

행여라도 누구의 책갈피 속의
그리움으로라도 간직된다면
내 떨어짐 또한 행복이리.

# 그대가 있음에

김대식

세상에 신비한 일이야 많지만
그대가 내게 있는 것이
나는 참으로 신비롭더라.

세상 어느 것보다도
나는 그대가 있음에 좋더라.
그대가 있었기에
하잘것없는 것들도 모두가 특별하였고
일상처럼 평범한 것들도
모두 빛나 보였고
보잘것없는 것들도 모두가 신비롭더라.
그대가 없다는 생각만 해도
내겐
한 우주가 무너지는 것이더라.

사랑의 온기 사라지고
희망의 불씨 사라지고
조그만 별조차 빛나지 않을 때
그대 이름 하나에 얼음 풀리고
꺼진 불씨도 별빛도
그대 이름 하나에 살아나더라.

# 무등산

김대식

무등산을 아느냐
무등산이 왜 무등이더냐.
산은 높되 민둥산이구나.
그래서 무등이더냐.
산이 돌아누워 엎드려 있는데
바위들이 일어서서 무등타고 있구나.
그래서 무등인가

광주를 아느냐
시민들 일제히 일어나
민주를 외치던 그 함성을 듣지 않았느냐.
독재의 총칼에도 굴하지 않는 시민의 항쟁을
민주의 빛이여, 빛의 고을 광주여

무등산을 보라
서석대, 입석대를 보라
바위들이 일제히 일어서서 외치질 않느냐
불의에 굴하질 않고 독재에 항거하질 않더냐.
누가, 둥글둥글 돌처럼 살라 했더냐.
누가, 모난 돌이 정 맞는다 했느냐
불의를 보고도 둥글게만 살아야겠느냐
불의와 타협하며 살라 했더냐.

나도 여기 무등산에 올라왔노라
나 여기 아름다운 규봉을 밟았노라
여기서 바위에 걸터앉아 무등을 타노라.
나 여기 왔다 발자국 하나 남기고 가노라
바위도 일어나 민주를 외치던 이곳에
나도 한목소리 외치고 가노라.
세상의 모든 것이 거저 얻어지는 것은 없나니
우리가 피 흘려 얻은 민주주의여
이 땅에서 꺼지지 않는 횃불로 타오르기를
민주주의여 영원하여라.

# 한 송이 들꽃처럼

김대식

자기를 보아 달라 하지도 않는다.
예쁘다 아름답다 칭찬을 원하지도 않는다.


아무도 보아주지도 관심 기울이지 않아도
조용히 피어나 향기를 보내며
자신이 해야 할 일을 묵묵히 하는
초연히 피는 들꽃


그러나 가만히 들여다보라
들꽃의 아름다움을
그 은은한 향기를
잡초와 함께 나고 자라
우리의 산과 들을 꾸미는 들꽃을
그 얼마나 대견한가?
누가 심지도 가꾸지도 않아도
스스로 나고 자라
불평 하나 없이 꽃을 피우고 가질 않더냐?

어디 아름답고 화려한 것만 멋이 있더냐?
들꽃처럼 드러나지 않아도
제 할 일을 묵묵히 하는
그런 모습이 닮고 싶다.

그러나 늘 비우며 살겠다고 하면서
비움은 더 좋은 것을 채우려는 욕심이었을 뿐
진정 들꽃의 속뜻을 받아들이지 못함은
아직도 부족함이 많은 탓일까?

# 그대이기에

김대식

그렇게 햇살로 오는 이
그대이기에
어쩔 수 없었지.
닫힌 마음의 빗장을 열고
들어오는 걸
막을 수 없었어.

그렇게 바람으로 오는 이
그대이기에
어쩔 수 없었어.
실바람으로 스쳐 가도
그대이기에
난 무너지고 말았어.

그렇게 비로 오는 이
그대이기에
어쩔 수 없었지.
가는 길마다 몰아친 그대를
피할 수 없었어.
갑자기 우레와 천둥으로
퍼붓는 소나기에도
그대이기에
그냥 젖을 수밖에 없었어.

그렇게 산 그림자로 오는 이
그대이기에
어쩔 수 없었어.
그대의 그늘 속에
덮일 수밖에

그렇게 오는 이
그대이기에
그대이기에

난 어쩔 수 없었어.

# 시크릿

김대식

이건 비밀인데
바람이 지나가는 걸 보았다.
겨울바람을 몰아내고 봄바람이 지나갔어.
봄바람에 꽃바람이 따라오더니
나무마다 귓속말로 속삭였어.
그리고 몽우리를 어루만지고 갔어.
아무래도 바람과 나무들의 움직임이 심상찮아
그래, 이렇게 얘기하면
나보고 돌았다고 그래

이건 비밀인데
그래 난 돈 것이 맞아, 분명히 돌았어.
오늘을 짓밟고 어제의 헛소리나 긁어모으고 있으니
내일이면 또 오늘 버린 헛소리들을 긁어모을 테니 말이야
나는 열심히 지나간 헛소리들을 모으고
그것을 수집하는 것이 이제는 취미로 변했지만

오늘에 비겁해진 나는
잠시라도 오늘과 맘 붙이고 친하게 지낼 수 없어
앞에 나서지 못하고 뒷구녕에서 씹고 또 씹다가
코앞에 다가온 내일은 보지 못해

소일거리로 그저 하릴없이 바람이나 긁어모아
지나간 점이나 가끔 보지
빌어먹을
내일은 내일은 하면서
오늘을 짓밟고 있지.

# 잊혀져 가는 너

김대식

이제 사랑했다던 말을
취소해야겠다.
너 없이 못 살겠다던 내가
그렇게 못 잊어 하던 내가
아무렇지도 않은 듯
이렇게 살고 있는 걸

이제는 하나하나 너의 추억이
잊어지는 건 웬일일까
너를 그렇게 그리던 것도 나의 욕심
욕심으로 꺾은 들꽃을
사랑한다 할 수 있으랴
별빛 하나에도 들꽃 하나에도
사랑한다는 거창한 말은
이제는 하지 말아야겠다.

진정 사랑한다면
나를 버려야 하는 것
오지 않을 것을 알면서도
우매하게 기다려 주는 병
나의 심장에다 너를 가득 채워
오래도록 가슴에 두는 혹독한 병을 앓는 것
그리움을 쌓고 쌓아 돌탑을 만들던 세월이
그렇게 길었건만

그러나 이제 그 돌탑에도 이끼가 자라
싹을 틔우고
그렇게 못 잊어 그리던 네가
자꾸 잊혀져간다.

# 슬픔에게

김대식

사랑은
뜨거운 생채기를 남기고
아무것도 보이지 않는
깊은 어둠이 되더니
이젠 어둠 속의 별빛으로 반짝입니다.

추억이라는 말은
늘 아름답게 다가오지만
남몰래 흘리던 눈물만큼이나
또한 슬픔으로 자리합니다.

시간의 흐름은
많은 것을 기억 속에서
지워버리지만
아픔 하나쯤은
언제나 그림자로 남겨둡니다.

아무것도 보이지 않던
깊은 어둠은
한 치 앞도 내디딜 수 없는 나락으로
내 젊은 세월을 빠져들게 했지만
오랜 세월이 흐른 지금엔
희미한 옛 기억은
어둠 속의 그림자처럼 감감할 뿐
후회는 이미 생을 바꾸어 놓은 뒤였습니다.

살다 보면 슬픔도 사랑할 수 있어야 하나 봅니다.
언제나 떠나지 않는 슬픔에게
이젠 아름다운 사랑의 기억으로만
남아있기를 바랍니다.

# 그래, 그런 날이 있었지

그래, 그런 날이 있었지
가녀린 들꽃향기에도
넋을 읽고 멍하던 날이
가느다란 실비 한줄기에도
전율에 떨었던 날이

그래, 그런 날이 있었지
스쳐 지나는 실바람 한줄기에도
그대가 많이도 생각나던 일

그런 날이 있었지
바람의 향기에도
무척이나 그리웠던 기억이
비바람이 몹시도 불어오던 날엔
그렇게 보고파 오열한 날도

나중에야 알았지
그날엔 그대가
나보다 더
심하게 아팠다는 걸

그리워한다는 것은
바람에 소리 없는 향기 묻어남이겠지.
심하게 그리워 애태울 때는
비바람 휘몰아치는 것이겠지.

그래, 그런 날도 있었지
그대에게 기다림만 주던 날이
그대에게 눈물만 주던 날이

그대도 아는지
이제는 내가 참 아파하고
오지 않을 그대를
기다리며 사는 것을
한 줄기 실바람에도
그리움에 젖는 것을

# 그대의 바다엔

김대식

그대의 바다엔
배가 없습니다.
건너서 그대에게 가려 해도
그대의 바다엔
배가 없습니다.
대신 그대가 두고 간
그리움만 떠다닙니다.

그대의 바다엔
갈매기가 없습니다.
대신 그대가 두고 간
추억만이 날아다닙니다.
그대의 바다엔
옛 추억만 가득합니다.

그대의 바다엔
파도가 없습니다.
대신 그대가 속삭인
감미로운 언어들만 귓전에 맴돕니다.

그대의 바다를 건너려면
그리움을 타고 갈 수밖에 없습니다.
건너고 건너도 그대는 없습니다.
그대의 감미로운 목소리
그대와의 좋았던 날들만이 가득합니다.
세월이 흘러도
빛바래지 않는
옛 추억만 가득합니다.

# 백수 팔자

김대식

행여라도 오라는 곳이 있나 싶어
구인광고라도 뒤적여보지만
변변한 직장이 날 찾는 곳은 없어 보이고
심심풀이 가난이 목젖까지 다가와
하루 일자리라도 구걸해 본다.

식솔 딸린 목구녕이 포도청인지라
인력시장으로 향했지만
재수 없는 날품팔이는 내 앞에서 동이 났다.

상한 마음 쓰디쓴 소주 한 잔이
내 인생처럼 쓴 것 같다.

놀고먹는 백수 팔자가 그래도 상팔자야
백수가 과로사한다 하니 몸은 아껴야지

설움이라곤 전혀 모르는 햇빛은
풀잎을 쓰다듬고
눈물의 의미도 모르는 아침이슬이
오늘따라 지랄같이 아름답다.

# 검은 곰팡이

김대식

검은 구름이 피어올라 하늘을 삼켰다.
별들은 숨어버렸고 태양은 이미 빛을 잃었다.
검은 안개는 태양의 숨통을 조이고
검은 곰팡이들이 사방에서 피어올라
죽은 태양이 떨어지기를 기다린다.
검은 구름이 먹물 같은 검은 비를 꽃들에 뿌렸다.
지난 달력의 숫자들이 거꾸로 매달려 하나둘 떨어지고
검은 곰팡이들은 달력의 숫자들을 받아먹고 자꾸 자란다.
가을과 여름 그리고 봄이 있었는지
오래전에 죽은 망령들이 일어나
서슬 퍼런 낫으로 꽃들을 꺾어내고 관을 세웠다.
검은 겨울은 영 갈 줄 모르고
강들은 거꾸로 흐르고
산들은 거꾸로 서 있다.

# 유필이 시인

대구광역시 서구 거주
2005년 6월 한울문학 문예지 시 부분 등단
2005년 6월 한울문학 신인문학상 수상
2006년 대한문인협회 향토문학상 수상
2007년 8월 대한문인협회 이달의 작가 선정
2011년 6월 대한문인협회 이달의 작가 선정
2012년 대한문인협회 주관 전국 시인대회 작품상 수상
2012년 대한문인협회 올해의 작가상 수상
2013년 대한문인협회 창작문학 예술인 금상 수상
2014년 대한문인협회 주관 한줄 시 공모전 동상 수상
2014년 명인명시를 찾아서 아트TV 출연
2014년 대한문인협회 감사패 수상

대한문인협회 행사기획위원회 자문위원
대한문인협회 운영위원
대한문인협회 임원 홍보국장
대한문인협회 대구경북지회 홍보국장
대한문인협회 대구경북지회 사무국장
(현)-대한문인협회 대구경북지회 지회장
(현)-(사)창작문학예술인협회 정회원
2012년 2월 저서-"풀잎의 노래" 출간
2006년 1월 "마지막 잎새의 슬픈 노래" 산업자원부 사보 수록
2008년 11월 "낙엽이 된 사랑" 산업자원부 사보 수록
2010년 10월 "행복 찾기" 국민체육진흥 마음의 자리 수록
다음 카페 주소 : http://cafe.daum.net/vnfdlv567
이메일 : tobo9307@daum.net

# 봄은

만지면 툭 부러질 듯
깡말라 버린 볼품 없는 가지 끝에도
어김없이 봄은
몽실몽실 꽃 피우듯

굽어지고 허기진 내 삶 속에도
어김없이 봄은
파릇파릇 봄 한 그릇
선물해 주려나

봄이 오는 뜨락에
작은 소망 한 알 심어 본다.

# 봄

유필이

긴 잠에서 깨어난
청순한 봄 색시
홍조 빛 얼굴에
보조개 여울지고

실바람이 전해주는
풀잎연주에
연분홍 치맛자락
나풀나풀 춤추네.

# 진달래꽃

유필이

결 고운 햇살 엮어
머리에 이고
봄이 찾아오니

가시바람 모질게 견딘
가냘픈 가지마다
연분홍 꽃등 하나 둘 켜지고

주마등처럼 스치는 추억은
두견새 우는
고향 산자락 타고 번져가는
붉은 그리움.

# 가을아

유필이

억새꽃 흐드러지게 춤추는
네 문지방 넘어
노을 진 비탈길에서
한바탕 단풍잔치 벌이다가
잔가지에 서리꽃 피면
바람 속에 오돌오돌 떨고 있는
오롯한 추억 하나 안고
쓸쓸한 긴 그림자 밟으며
낙엽 따라 홀연히 가버린다면
네가 머물다간 자리엔
황량한 삭풍만이 요란스럽겠지

가을아
내 너를 안고
빈들에 마른 풀잎처럼 쓰러져도 좋으니
제발 떠나지 말아다오.

# 잔영(殘影)

유필이

마른 풀 끝에 앉아 밤을 태우며
시를 읽던 귀뚜라미도
님과 함께 사라시고

님 떠난 싸늘한 자리에는
세월의 흔적을 한 잎 두 잎 줍는
등 굽은 하얀 겨울이 서 있네.

# 산딸기

유필이

붉게 타오르는 수줍은 마음
초록 치마 폭에 감추고
가시덤불 속에서
탐스럽게 익어 가는 빨간 유혹

산골 소녀의 하얀 옷자락에
새빨간 문신 새기며
추억 한 페이지 전설로 남긴
유년의 시절

산딸기 한 광주리 속에서
새콤달콤한 추억이
살아 꿈틀거리며
붉게 붉게 그리움으로 영글어간다.

# 그리움아

유필이

좁은 창틈 사이로
하얀 달빛 드리우면
가슴 벽을
긴 손톱으로 벅벅 긁어대며
하늘로 뻗어 가는 그리움아

우리
달맞이꽃 되어
함초롬한 달빛 등에 업고
별빛 소나타에 취해
서러움도 잊은 채
풀밭에 이슬로 뒹굴어 보자.

# 그리운 사람아

유필이

오늘처럼
당신이 보고 싶은 날이면
가슴 언저리에
그리움을 묻고
풀잎 속에 숨어 흐느낍니다

밤새
곰삭은 그리움
태우고 또 태운 흔적은
촛농처럼 수북이 쌓여 있는데
어느새 자명종 소리는 새벽을 알리고

한 조각
아침 햇살 자락에
설익은 미소 뿌려보지만
부르터진 가슴팍엔
그리움만 흥건히 젖어 있습니다.

# 보고픔은 하늘까지 자랐는데

유필이

잿빛 추억이 희미하게 떠오르는 밤
초록 눈물은
풀잎 끝에 이슬로 대룽대룽 맺히고
쓸쓸함은 고독한 길 하나를 만듭니다

모든 것이 그립고
모든 것이 슬퍼지고
모든 것이 애처로워
주저앉아 바라보는 두 눈엔
연민의 안개가 자욱하게 깔리면서
삶처럼
인생처럼
고단함이 밀려오고

보고픔은 하늘의 별을 따듯 훌쩍 자라 있고
그리움은 깊은 바닷물에 숨어 속앓이를 하지만

그 누구도 나의 별을 따 줄 수 없고
그 누구도 나의 그리움을 대신 할 수 없기에
사랑이란 긴 여정을 따라서
오늘도 가슴 바다는 끝없이 흐릅니다.

# 마른 꽃

서걱거리는 질투의 바람 앞에
조각조각 바스러진 추억들은
먼지가 되어 허공에 날고

눈먼 사랑은
향기 잃은 마른 꽃 되어
흐린 창가에 거꾸로 매달려 있지만

시간의 강을 건너 그대 오신다면
박제된 마른 꽃일지언정
구김살 없는 미소로 반겨 맞으리.

# 마지막 잎새의 눈물 (1)

유필이

발이 시리도록 차가운 밤
고요한 적막을 뚫고
분풍지 틈 사이로
누군가가 울부짖는 소리가 들린다

돌변하는 돌풍으로
깡말라 버린 나목 끝에 매달린
초록 물기 빠진 비틀어지고
볼품없는 잎새의 울음소리다

봄 여름 푸른 유년시절
버팀목인 님과 헤어져
홀로 낙엽 되어 길바닥에 뒹굴기 싫다며
자지러지는 잎새의 비명은
기세등등한 바람을 잠재운다.

# 마지막 잎새의 눈물 (2)

유필이

책갈피 속에서 잠자던 낙엽 한 장
해묵은 먼지를 털며 깨어나
지난날 거친 삶을 조용히 쓰다듬고 있네

그 어느 따스한 봄날
햇살 머문 가지 끝에 여린 새싹으로 돋아나
폭우가 쏟아지는 긴 장마 속에서도
혼신을 다해 목숨을 지탱해 왔건만

주름져 가는 세월을 거스르지 못한 채
푸른 몸뚱어리에 붉은 반점이 퍼지더니
늙은 자작나무의 헛기침 소리에 혼절하여
으깨진 낙엽이 되었지만

젊은 날 푸른 기억을 더듬거리며
겨울 한복판에 흩어진 그리움을
주섬주섬 주워 모으면서
작은 시집 한 권을 흥건히 적시고 있네.

# 당신에게 띄우는 편지

유필이

해가 중천을 지나 서쪽으로
빠르게 달음박질치는 나이인데도
샘물처럼 유유히 흐르는 그리움은
멈추어지지 않습니다

노을 속에 핀 열꽃처럼
뜨거운 콩깍지 안에서
톡톡 튀며 활활 타던 사랑
아직도 유효기간은 많이 남았는지

귀뚜라미 우는 이 밤도
가슴 파고드는 그리움에
헝클어진 머리 곱게 빗고
바람 속에 머무는 당신을 기다립니다.

# 그립다

유필이

세월은 유수와 같다고
그 누가 말했던가
세월은 눈 깜박할 사이에 지나간다고
그 누가 말했던가

평생 나이를 먹지않는 소녀인 줄 알았는데
검디검은 머리카락 사이로
한 가닥 두 가닥 드러누운 흰머리를 보니
나도 세월의 수레바퀴를 타고
인생의 수레바퀴를 돌고 돌았나 보다

땅거미가 질 무렵
잠시 툇마루에 걸터앉은 노을처럼
중년이란 옷을 입고 앉아 있어도
어린 시절 화롯불 지펴놓고
옛이야기 들려주시던 할머니가 그립다.

## 정병옥 시인

경북 구미시 거주
보성간호학원 행정실
수상 경력
2007년 9월 대한문학세계 시 부문 신인문학상 수상
2008년 전국 시인대회 우수상 수상
2009년 명인명시 특선시인선 공저 발간
2010년 명인명시 특선시인선 공저 발간

주요경력
현) 대한문인협회 정회원
현) 대한문인협회 대구경북지회 총무국장
이메일 : jbo6300@hanmail.net

# 계절이 시작되는 날이면

계절의 시작과 끝자락
이내 몸살을 앓는 것처럼
하늘을 이는 듯한 무거움이
늘어진 살갗 사이로
마구 헤집어놓는다.

계절이 앉은 틈바구니에
허술한 점 하나
긴 머리카락을
꼬집듯 잡아당긴다.

오늘
존재감 없는 하루가 외면하고
방향의 감각이 마비되어
백지에 하얀 물감만 칠한다,

난
지금
무엇을 하는지.
어디로 가는지는 모르지만
어김없이 계절이 시작되는 날이면
꿈꾸는 수채화를 그리고 있겠지.

# 그리워도 보내는 것은

정병옥

서리의 하품 소리에 새벽이 기지개 켜니
어둠을 불어 산자락에 숨기고
풀잎 이슬의 투명한 웃음같이
천상의 모습처럼 다소곳 내려온 색바람

차오르는 햇살의 눈부심은 마치
갈빛 사랑의 연인과도 같이
부드러운 가슴으로 한 아름 안으니
새침한 서리는 말없는 이별을 고한다.

무지갯빛 햇살이 바람을 부르고
청명한 하늘의 깊이를 알 순 없지만
고추잠자리 날개에 가을을 실으니
추억으로 접어둔 아련한 그리움 하나

한낮의 뜨거운 꽃불이 뒷걸음질 치니
억새의 향란으로 바람이 어지럽고
서리가을로 넘어가는 싱그런 미소가 있어
해거름의 표정으로 수줍은 언약을 하고선

야윈 달편 아래 마치 약속이나 하듯
외로운 바람이 나를 흔들어 일깨워주니
그리워도 보내는 것은 계절의 끝자락에서
기다려 줄 세월이 손을 흔들고 있기 때문이다.

# 불면증

정병옥

시간과 공간 사이
광대 하나 외줄 위에서
위태로운 걸음을 걷고 있다.

어둠이 짙게 내릴 즈음
줄 위에서 멈칫거린다.
함성소리
바람소리
똑딱거리는 초침소리가 유난히 크다.

머리카락의 무게마저 힘이 부쳐
자꾸만 고개가 수그려진다.

혈관의 냇물이 봇물처럼 터지듯 흐르고
먼 거리를 뛰어온 듯 심장은
미친 듯이 쿵쾅거린다.

수만 가지 생각을 가슴이 읽고
어제의 후회
내일의 망상으로
몇 개의 빌딩을 짓고 허문다.

어둠속에 눈빛은 호수처럼 맑아지고
벽지의 꽃무늬를 수놓듯 헤아려본다.

먼동이 눈을 찌를 때쯤
그제야 시큰거리는 눈을 감고
조용해진 심장을 쓰다듬으며
긴 외줄의 마지막 발을 딛는다.

## 산다는 것은, 어쩌면

정병옥

묻혀 버린 시간을 꺼내어 다듬고 또 다듬어
세월의 빗장에 살며시 걸어본다.

냄새나는 내장을 구석구석 씻기어지면 좋으련만
벌레처럼 득실거리는 시간이 나를 놓아주지 않는다.

무의식은 차츰 현실로 돌아오고
숨조차 편히 쉬지 못하는 시간이 야속하다.

살며시 들여다본 어제가 몸살을 하며
아주 작정을 하고 시비를 건다.

산다는 것은
어쩌면
나비를 꿈꾸는 애벌레의 힘든 몸짓인 것을.

지금의 내 흉한 모습에 숨조차 멈추는 것은
나비의 힘찬 날갯짓조차 느끼지 못하고 살리라.

속살 드러내는 오늘을 쓰다듬으며
꿈틀대며 올라오는 어제를 과감히 밟아 주리라.

산다는 것은
어쩌면
흔적 없이 사라질 삶의 지문처럼
남기고 싶어 하는 내 인생 이야기가 아닐까.

# 새로운 길에서 만난 오후

정병옥

겨울시간은 참 길었다.
긴 여정 속에 만난 달콤한 사탕처럼
그렇게 나에게 다가온 햇살
따뜻한 오후의 차 한 잔처럼 느긋하다.

또 다른 내일은 어떤 일들이 펼쳐질까
내 조그만 흥분에 오늘 하루가 웃음지고
털털한 오전의 일과를 마치고
상상 속 세상과 마주보며 입맞춤한다.

시간이 톡톡 튀며 심장 사이로 뛰어다닌다.
애꿎은 입 꼬리가 자꾸만 올라가고
다음에 열릴 세상에게 자꾸만 말을 걸며
궁금한 속내가 봄 햇살처럼 눈부시다.

새로운 삶. 새로운 여정은
무의미한 인생이 가장 싫어하듯
탈피한 벼 껍질처럼 오늘에서 벗어나
내일을 기대한다.

심장이 뛴다.
지 멋대로 자꾸만 심장이 쿵쾅거린다.

# 생각

정병옥

봄볕이 저녁 연기 속으로 사라질 즈음
낮달이 곱게 화장을 하고 배시시 웃으니
생각속의 그림자가 슬금슬금 가슴에 파고들어
끝이 보이지 않는 절벽으로 내동댕이친 나를 본다.

어느새 가로등 사이 불이 밝혀지고
묻혀진 세상 이야기가 거리를 활보하고
긴 그림자 끝에 상심어린 내 누이의 뒷모습
마음과는 달리 몸은 세상으로 떠밀리어 간다.

찬 볼에 스치는 어두운 바람이 나를 비웃고
혼자서 중얼거린 내 의지와는 상관없이
자꾸만 숙여지는 힘없는 눈동자의 비애
옛날의 순수는 누구에게 줘 버렸는지.

# 선인장을 품고 사는 여자

정병옥

휘청거리는 햇살 하나가
숨죽이며 거리를 방황하고
바닥을 보이는 작은 연못
메마른 가슴을 적시기엔
눈물마저 아쉬운데
풀밭 하나 사이에 두고
긴 그림자가 기지개를 켠다.
고개 숙인 바람
내 겨드랑이에 가시가 돋고
성큼 거리며 다가온
고통의 굴레가
가슴을 헤집어 들어
소리 없는 상처가 아프다.

시간의 무게를 얹고
삶이 애원을 해도
중압감에 굽혀진 등허리에
무거운 추를 달고
삐죽여 나온 가시를
말없이 끌어안은 여자
하얗게 드러난 속살위로
벌건 핏방울이 번져
붉어진 얼굴 사이로
고통이 뚝 뚝 떨어지고
간신히 새어나온 신음소리
가냘픈 가슴에 안긴 선인장이
슬픈 미소로 웃고 있다.

# 아버지의 미소

정병옥

주마등처럼 스쳐간 내 어릴 적은
양쪽 귀퉁이 구멍 내어 날계란 하나 먹이려
갖은 애를 쓰는 아버지의 숨소리가 들린다.
짙은 눈썹 사이로 미간을 찌푸리며
으름장을 놓으면서도 그저 하나뿐인 딸이 좋으신지
당신 입에 들어갈 음식도 양보 하시곤 했다.
이제 내가 당신의 나이가 되고 보니
못내 그리움으로 잊혀져간 가시고기 같은 사랑이
내 가슴을 후벼 판다.
그땐 왜 몰랐을까?
훗날 당신으로 인해
이렇게 봄이 익어가는 계절이면 그저
당신의 숨소리만이라도 듣는 게 행복이란 걸,
어느 날
당신의 묘를 단장하기 전날.
내게로 오시더니
마치 봄 햇살이 당신에게로만 비치는 듯
주변은 온통 따스한 기운이었다.

냇가엔 반짝이는 구름 같은 안개가 흐르고
그곳 뚝방에서 나를 무릎에 앉히고선
환하게 웃으시는 그 모습 때문이었는지.
난
참으로 오랜만에야 그리움으로 오열을 했다.
아버지.
어려서 하지 못해 가슴 아팠던 그 말
사랑한다는 그 말이 왜 그리 어색한지.
꿈에서라도 당신 품안에서
행복했다는 걸 아버진 아시겠지

# 쉬고 싶은 하루

정병옥

여윈 옷자락 속에 낡은 해가 담겨져 있고
낡은 마음에 언젠가 새로이 떠오를 태양이
눈이 부시듯 가슴자락에 숨어져 있다.
숨을 쉬어도 내가 그 속에 살아 있는지
살기위한 몸부림에 살아 꿈틀거리는지
귀찮은 듯 생각 하나 밀쳐내어 본다.
한 겹 두 겹 걸쳐 놓은 무게가 힘겹고
쑤욱 돋아나는 소름 끼친 살들이 종알거리며
길게 늘어진 목젖이 따사로운 휴가를 원한다.
물동이 마다 어떤 사연이 담겨져 있기에
길지도 짧지도 않는 하품 같은 고단함에
까닭모를 긴 한숨으로 하루를 마감하는 걸까?
숨겨진 마디마디에 전설이 묻어나고
내려다보인 발가락 사이에 땀이 묻어나는데
물에 젖은 솜 덩어리. 나른한 햇살에 누워있다.

아!
정말 쉬고 싶다.

# 어둠에서 새벽까지

정병옥

정적이 감도는 밤의 달빛에
나지막이 들리는 슬픈 풀벌레의 울음소리
꽃잎은 애처로이 이슬을 머금고
땅속의 갈증으로 몸을 떤다.

술렁이던 하루를 묶어보니
흐트러진 마음이 한자리에 모이고
삶의 흐름으로 재촉하는 시간
달빛은 그런 마음을 외면하듯

그저 지는 꽃잎만 탓을 하니
생애 힘든 어깨에 실린 무게
깊이를 알 수 없는 어둠속으로
터벅거리는 발자국 소리가 들린다.

새벽이 오는 곳으로 귀를 세우고
밤새 앓은 흔적을 지우기라도 하듯
곱게 빗어 내린 머리카락을 다듬고
동튼 언덕에 그림자를 세운다.

# 어머니

정병옥

산자락 너머에 바람처럼 사라진
내 어머니의 삶에 살포시 얹어진 햇살
한 방울의 땀방울조차 숨어버린다.
야금거리며 먹는 세월이 골짜기를 이루고
주고 또 모자라 노랑꽃이 되어도
텅 비어 있을 가슴. 인생 한 자락
변하지 않는 외눈박이 사랑을 하여도
회심(恢深)의 눈빛으로 마음까지 설레어
함박 머금은 고운미소가 좋구나.
세월의 흔적으로 뼈마디가 닳아서
가죽만 남은 몸마저 무게가 실리니
휘장걸음이라도 한시름 놓았네.
지나는 바람마저 등을 떠밀고
주춤거린 어깨위로 주럽이 쳐다보니
검버섯이 고운얼굴에 앉았구나.
기다려 주지 않는 건 비단 세월뿐일까?
내 어머니의 향기에 가선 진 삶이 같이 하니
카네이션만 가진 내 손이 부끄럽구나.


* 노랑꽃 : 제대로 먹지 못하여 살가죽이 붓고 들뜨며
　　　　　누렇게 보이는 기운
* 휘장걸음 : 두 사람이 양쪽에서 한 사람의 허리와 팔을 움켜잡고
　　　　　휘몰아 걷는 걸음.
* 주럽 : 피곤하고 고단한 증세
* 가선 : 눈시울에 쌍꺼풀진 금이나 주름

# 잠이 오지 않는 이유

정병옥

풀벌레소리 물위로 나풀거리면
햇살의 소란이 침묵을 한다.
가끔씩 들리는 자동차 비명소리를 빼곤
한적한 밤의 무대가 오르고
늘어진 몸뚱이 흔들며
깨알처럼 박혀있는 글자들을 주워내고 있다.
하루가 주는 말들의 양식 탓인지
뱃속에서 꿈틀대며 불러 오르고
머릿속의 말과 숫자가 맞지 않은지
심장은 건방을 떨며 멋대로 놀고 있다.
헝클어진 머리카락 삿대질에
땅바닥에 내동댕이친 하품이 눈물을 흘린다.
아.
침묵하는 자여.
제발 중재를.
그래야만 내 눈꺼풀이 입맞춤할 테니까.
웅성거리는 소리에 뒤돌아보니
구경하던 어둠이 쫓겨나고 있다.
쯧.
오늘도 날 샜네.

# 중년의 봄

정병옥

묵은 세월이 나를 조롱이나 하듯
저만치 달아난 봄을 붙잡으려
신발 끈도 매지 못한 채
숨이 턱턱 차도록 달려가 보지만
어느새 붉은 석양이 지는 만큼이나
빠른 걸음으로 도망치고 있다.
필름처럼 지나간 추억을 먹으며
화려했던 봄을 기어이 끄집어내어
깊은 심중에 묻어둔 아련한 기억에
흘러나온 신음소리에 가슴은 울고
환상처럼 접어둔 꿈에게 속삭여보지만
내손에 잡힐 듯 가버린 내 생애 봄날
다음. 아주 이다음엔
기다려 주지도 않을 듯한 꿈속이라도
몸살을 앓은 내 흔적에 기대어
풋풋한 싱그러운 젊은 날의 미소
가식을 차리지 않아도 좋을
내봄을 하품처럼 보내지 않으리.
목련이 이별을 고하듯 고개 숙이고
꽃 진자리에 새잎이 오르듯
새 하얀 서리가 내 머리에 내려도
촘촘하게 박힌 별들의 노래와
다시 떠오르는 열정의 덩어리처럼
내 중년의 봄에게 행운을 보낸다.

# 지리산을 오르고

정병옥

태곳적부터 하늘은 열리었던가.
노고단의 발자취엔 아직도 핏빛이 서려있구나.

귓가에 울리는 내 아버지. 아버지 소리
생과 사의 기로에 땅이 울리고
굵은 눈물 떨어지는 하늘은 그저 그대로 서 있었다.

피아골 산장 모퉁이
내 작은 안식처로 기대고
돌 틈에 뿌리내린 설움도 함께 쉬리라.

햇살 담은 내 흔적엔
이제는 핏빛보다는 붉은 열정으로
너에게로 한발 내딛는다.

# 임정호 시인

서울문화예술대학교(문학사) 4년졸업
대한문학세계 시 부분 신인문학상
대한민국시서문학 시조 부분 신인상
대한민국 화홍시서화대전 시조 부문 특선 다수
한겨레문학 초대시인 "사계절 연제"
詩와 隨想文學 창간호 초대시인

대한민국 시서화전람회 9회, 10회 "초대시인"
인간과문학 창간호 共著외 다수

前 (사)한국청년지도자연합회 통일분과위원
前 대구하계유니버시아대회 의무지원단
前 (사)대한안경사협회 대구지회 부회장
現 대한안경사협회 대구지회 안경사
現 대한민국 시서문학 편집위원 및 사무총장

# 어머니

임정호

지난 세월 숱한 아쉬움만 남기고
넓은 마음에 멍울이 지도록 일만 하시다
이렇게 아름나운 세상 버리고 가신 당신
이렇게 좋은 세상 혼자서 사는 것 같아
가슴 한쪽 무겁고 무겁습니다
여명에 물안개 뚫고 이슬 맞으며
산모퉁이 그 넓은 밭고랑에
홀로 일하시던 모습
뻐꾸기 울음소리에 헛기침 세례
떨어지는 땀방울 곡식에 단비 되고
호미 등과 함께 굽어가는
애달픈 모습 그려지고 그려집니다
어머니
지금 편안하십니까
그 넓은 자리 이다지도 허전합니다
구름처럼 바람처럼 덧없이 걸어온 길
세월에 멍든 당신, 진정 아름다웠습니다

말없이 제 손을 따뜻하게 잡으시며
막내야 미안하다
미안하다고 이 말만 되뇌셨죠
아닙니다!
당신 앞에선 언제나 작은 사람
지천명에 제 앞가림 하고서야
어머님 사랑 헤아릴 줄 알았습니다!
어머니
이제 제가 자리를 메워가며
한 골 한 골 사랑을 심어 봅니다.

# 봄 전령

임정호

잠에서 깨어난 세포의 반란
봄이 오나 봅니다
미처 떠나지 못한 지난 가을은
어설프게 뒹굽니다

시린 바람결
기지개를 살짝 켜고
파릇파릇 연초록 잎들이
빼꼼히 눈을 뜨고 있나 봅니다

어둠 틈타고
달빛 별빛 헤집고
살금살금 피는 녀석들이
봄의 전령인가 봅니다

허전한 나뭇가지에
꽃봉오리 신호보내면
봄도
돌격 앞으로 하겠지요.

# 능소화

임정호

쪽빛 하늘 귀를 열고 핀 꽃
정원수 노송에 휘감은 능소화
구중궁궐 냄새가 물씬 풍기며
한 女人의 애절한 사연
무엇을 보려고
누구의 발걸음 소리 들으려고
꽃잎은 귀가 되어 활짝 열리고
저 높이까지 감고 올라
멀리 바라보며 살며시 핀 수줍음
더 높이 올라 더 멀리 보고자
사랑의 매듭으로 꽁꽁 묶어 바라보지만
오실 임은 아니 오고
벌 나비만 모여드니
긴 상념 속 서럽고 서럽다
이승에서 못다한 사랑에
이슬로 눈물 남기고
밤에는 꽃잎도 닫고
아픔도 슬픔도 애틋함도
훈풍에 시린 사연 살라버리고
목 놓아 갈구하는 모습에
어제도 오늘도 그리고 내일도
말없이 기다리는 너를 닮아
소리 없이 우는 바보가 된다

# 지지 않은 꽃

임정호

우리 동네 꽃다운 소녀야
종군 위안부는 뭣이냐
국권침탈 1910
듣고 보니 차마 용서할 수 없구나

흰밥
배불리 먹으려고
돈 모아
잘살아 보겠다는 소녀야

속임수에 끌려간 소녀야
하루 수십 명
육체적 고통에 시달린 소녀야
수치심에 자살한 작은 소녀야

설풍이 몰아치는 그곳
고향길 바라보며 얼마나 서러웠냐
그래, 아직 소녀 동상은
비바람을 맞으며 눈물 흘리는구나!

# 소난지도

임정호

빗물을 머금은 작은 섬
바닷물도 투정을 부린다
해변따라 산기슭 돌아가니
역사의 숨결이 잠들어 있다

일백오십 명의 의병
대한제국 국권 회복한 거
숭고한 혼의 위령탑
고개를 숙일 수밖에 없다

아직 동상이 되어
총칼을 들고 해변을 지킨다
빗물 눈물 해풍에
바리바리 준비해온 음식과
술 한잔 올려본다

이보게 들리는가
들고 있는 소총일랑 내려놓고
푸릇푸릇 달래가 천지삐깔일세
굴 따고 고기 잡아
소주나 한잔 하세나

# 아기 원추리

임정호

하늘에서 해가
땅에서 가슴이 타는 달이면
삿 알에서 깬 병아리처럼
두 얼굴 맞대고 참 예쁘게 핀 꽃이여

달빛 속 별빛 보며
영롱한 이슬에 축이고
어둠 헤치며 아침을 밝히는 꽃이여
아름답다 못해 경이롭구나

여섯 꽃잎 얼싸안고
깊숙한 속살 불거져 나와
햇살 유혹에 활짝 핀 꽃이여
너를 얄미운 야생화라 불러본다

벌 나비 노닐던 자리
해 가고 달이 가는 생의 아름다움
욕심 없이 다 주는 꽃이여
너를 작은 아기 원추리라 부른다.

# 외씨버선길

누가 이곳을 산촌이라 했던가
누가 이곳을 오지라 했는가
그래도 난, 이곳이 참 좋다
층암절벽 반변천 따라 걷다 보면
일월산 맑은 물 굽이굽이 흐르고
버들피리 구름 타고 유영하는 곳
노송 사이로 솔 향기 그윽하고
텃새들 영역 침범함에 미안하더이다.
다섯 번째 외씨버선길
구름다리 타고 사뿐히 걷다 보니
굴피집 정겨움에 옛 그리움이 묻어나고
호롱불 밝힌 문살 사이로
선비의 글 읽는 소리가 들리듯
차분히 정겨움에 취하다 왔소이다.
석양이 선바위에 촛불 밝히고
반딧불 앞길 밝혀주니
주렁주렁 영양 고추가 더 빛나더이다.
어머니 가슴처럼 아늑한 곳
산기슭 산촌 초가집도 잠드는 밤
버선발로 맞이하는 고향이 참 좋더이다.
별빛이, 달빛이 빛나는 밤
달낭자, 해도령이 늘 기다리는 내 고향

# 복숭아 사랑

임정호

잎새달 복사꽃 흩날린 날 고향 사랫길
산 내리 바람에 눈물비 맞으며 익어간 자식들

"어무이 우리 보리쌀 갖다 주고 복상이랑 바까 묵자
할매가 한 다라이 준다 카드라 응"

"그래 시장에 빛 좋은 놈은 못 사 먹여도
비바람에 떨어진 복숭아라도 한 번 묵자"

한 개라도 더 얺어 오려는 당신 썩은 부위
아픔으로 도려내고 껍질을 벗기고 벗겨 보지만
속에는 또 하나 주름이 아픔으로 나온다
당신의 작은 가슴 언제나 큰 사랑 흘려보내지만
안으로 뼛속 깊은 곳까지 배고픔의 앙금
부지깽이 장단에 눈물을 감추시던 어머니
한여름 뙤약볕 논바닥 갈라지면
당신 가슴은 아예 무너져 내리고
자식 입에 밥술 들어가고
내 논에 물들어 가는 것 보면
안 먹어도 배부르다 하시던 어머니
어찌합니까.
잘 익은 복숭아 하나 들고 보니 향기는 당신 품에서 났는데
당신은 천상으로 가시고 눈물로 나에게 먹인 사랑이
이제 제가 당신을 대신합니다.

# 가을이 주는 선물

임정호

산천은 단풍을 드리우고
떨어진 낙엽도 쉬어가는데
더는 천천히 걸을 수 없을 만큼
그렇게 여유롭게 걷는 계절이다

이렇게 걷다 보면
종종 걷고 있다는 사실마저 잊고
자연을 가슴속까지 느끼는데
채워진 사리사욕도 내려본다

꽁하고 인색했던 지난 일들
조금씩 내려놓으니
스스로 자못 넓어지는 듯
가벼운 마음으로 채워진다

자연이 주는 선물은
지금 느껴보는 현실 그대로다
더는 형용할 수 없는 가을
자연을 마시며 쉬어가 본다.

# 도동서원

임정호

다람재 올라 시 한 수 읊조리니
나루터에 낙동강 칠백 리 유유한데
나그네 쉬어가는 긴 노송은 간데없고
옛 흔적만 갈바람에 살랑입니다

가을이 짙어진 도동서원
대청마루에 허연 고무신은
문경공 김굉필 선생의 흔적인가
글 소리도 바람따라 가버리고

문풍지 울림에 돌아서니
노란 은행 이파리들 휘날리며
400년의 사연을 담은 편지는
갈바람에 날리오며 배달합니다

이곳이 고향 어머니 품처럼
포근하고, 이 풍요로운 계절
당신과 함께 걸어서 감사하고
마음 한 자리에 수채화를 그려봅니다.

# 우포늪 가을

임정호

수면엔 녹색향연
구름도 쉬어가는 가을
산발한 갈대숲에 들여오는 개울물
우포늪의 혈맥으로 속절없이 흐른다

둘레길 그윽한 솔 향기
오르막 내리막 솔밭길 쉬어가라
작은 그늘막을 내어준다
봇짐에 아내의 정성이 사랑스럽다

뒤뚱뒤뚱 쪽배는
삼각망으로 가나보다
노 젓는 아제야 조심조심 가려무나
곱게 물든 왕버들 괜찮다고 출렁인다

석양은 하루를 갈무리하고
억겁의 세월에 우포늪은 그대론 데
탐방객 걸음걸음마다
아름답다 극찬일세

# 헐티재를 아시나요

임정호

초입에는 찐빵집 촘촘히
옛 그리움에 신기루인가
한입을 베어보니 단팥의 맛
그때 그 맛에 그리움만 쌓인다

가다 보면 정대골 이정표
좁다란 산길이 수줍어한다
산비탈에 초가집 달성 조길방가옥
마루에 걸터앉아 잠시 쉬어본다

선들바람에 청도의 워낭소리
쩌렁 쩌렁이 들려온다
더디게 헐떡이며 정상에 오르니
비슬산도 형형색색 경이롭다

용천사 풍경소리 솔바람에 울리고
부처는 말이 없고 미소만 가득하다
헐티재 오는 길에 수고했다 하시며
용천수 마시고 쉬어가라 하는구나!

# 장승

임정호

아치(牙齒)를 깨물며
통나무 붙잡고 세월을 엮어
시골 마을 길모퉁
험상궂게 출가한 두 얼굴

천하 대장군(天下大將軍)
지하 여장군(地下女將軍)
그저 신앙의 대상물일까
아니면 잡귀를 막아줄까

겁을 내 도망가기보다
함께 앉아 장난이라도 치지 않을까
정겹고 귀엽게만 생겼다
큰 눈과 코, 쭉 찌져진 입, 기다란 귀
한국인의 정서가 담긴
민중의 얼굴로만 보이며
울퉁불퉁 못생길수록
더 벅수다움이 살아 숨 쉰다.
남정네를 닮고
아낙네를 닮아
익살스럽게 마주하며
마을 어귀에 높이 솟아
솟대와 함께 수호신이 되어
서민의 애환을 녹여준다.

# 하늘 열차 (Sky Rail)

임정호

모노레일 열차는 달린다
범물에서 칠곡까지
남에서 북으로
강을 건너 도심을 질주한다

무인열차는 하늘을 달린다
시민들만 탑승하고
서른 번 쉬어가며
달구벌을 달린다

석양이 질 때면
팔달교 가로질러
철새들과 동행하며 강북 너머로
구름 타고 하늘로 달린다

야간열차는 달린다
달빛 속 별빛 헤며
달구벌 하늘에서
힘차게 달리고 달린다

# 김은식 시인

경북 안동 출생
현 대구시 달성군 거주
2012년 9월 계간 "문장21 가을호" 시 부문 등단
2012년10월 대한문인협회 주최 전국시인대회 작품상 수상
2012년11월 동농 이해조 문학상 시부문 입선
2013년 4월 대한문인협회 수필 부문 등단
2013년 대한문인협회 향토문학상 수상
2014년 대한문인협회 특선시인선 선정
현 대한문인협회 대구경북지회 사무국장
이메일: pluto0427@hanmail.net

# 진달래에게 묻다

김은식

심산유곡에 진달래꽃 피네
봄이 오면…

마주한 마음에도
선홍빛 웃음 피네

막걸리 푸념도 붉고
정겨운 눈빛도 붉어서 좋아라

봄은
진달래 붉은 마음

진달래야~ 너도
친구가 그리워 피고 지고…

네 마음 같아 올라 온 도봉산
나의 만면희색도

취한 듯 핀
너의 선홍빛 웃음도 친구 앞에 좋아라 붉다.

# 봄의 기상(起床)

김은식

봄은 작은 풀씨를 깨우기 위해
간밤에 비를 내렸다

생명인 양 묻어 두면 싹을 틔우는 봄
가슴에 묻어 둔 것들을 틔우려 하네

담장 옆에
번지듯 돋아나는 새싹들

언 땅을 녹이고
근심의 돌을 밀치고
아침 햇살 앞에 기지개를 켠다

봄은 일제히 돋아나, 번지는
희망, 그리움, 기다림의 씨앗들로

우리 가슴에 묻어둔
해묵은 풀씨의 이름들을 깨우려 하네.

# 능소화 연정

김은식

기다림에 겨워
담장을 훌쩍 넘은 여심
농네어귀로
하루가 밝으면 님도 오실까?

치마저고리 붉은 홍단에
마음까지 주홍빛 옷고름
마음에 내린 사모의 뿌리가
꽃을 피웠네

기다리는 마음이
저토록 아름다운 꽃으로 서러울 때
그 세월을 감당할 수 있었을까

담장너머로,
멀리 동네어귀로,
바람소리에 귀를 여는
애절한 꽃대고개
주홍빛 눈물 훔치는 능소화야.

# 오월의 詩

김은식

오월엔 시를 쓰지 않으리
연초록 잎새, 반짝이는 노래
그 햇살들의 속삭임만으로 충분한
시를 엿듣는 바람이 되지

오월엔 편지를 쓰지 않으리
온 누리에 번지는 생명력
그대도 잘 있을거란 생각만으로 충분한
그리움 되지

오월에는 그냥 살겠네
세상은 청명하고 마음은 평화
풀꽃에 깃드는 햇살과 바람
길 떠나는 민들레 홀씨만으로 충분한
오월의 시여, 꽃의 편지여

내 마음 전할 그 사람
오월에는 꼭 온다 했으니
창가에 설레는 마음만으로 충분한
밤새, 시를 쓰지 않아도 되지
근심의 편지를 쓰지 않아도 되지.

# 사랑비

김은식

비가 내리면
이 땅엔 생명이 움튼다

그들만이 알고 있는 시간으로
비가 내리면
다시, 일어나
뿌리박고 서있을 무성한 수맥들

도시의 풀잎에도
사막의 모래바람 속에서도
희망의 꽃이 피는 건
꽃만이 알고 있는 시간으로
비가 내리기 때문이다

지난 날,
우리들의 이야기
푸른 수맥의 흔적은
낙엽 되어
부서져 내릴지라도

언젠가는
우리 가슴에도
사랑만이 알고 있는 시간으로
촉촉이 비가 내리리.

# 흐르다가

김은식

흐르다가, 흐르다가
더 이상 흘러내릴 곳이
보이지 않을 때가
눈물보다 더 슬픈 길이다

닿아서 끝이라면
흐르고만 있는 것이
우리에겐
생명이며 희망이지 않을까

강물위에서 네 모습이 아직도
내 눈에만 푸르른 것은
함께 흐르고만 있는
네가 주는 희망, 그 아름다운 착각.

# 쪽배

김은식

내 안에 수평선
잔잔한 돛을
너에게 불어 보내면

너는
한 점
푸른 섬으로 떠

고동 소리
내 귀에
바람으로 전하는

쪽빛 파도
네 마음을 저어 가는
나는 쪽배.

# 눈물의 강가에서

김은식

눈물은 강이었나
사람들은 저마다의
사연을 안고 그 강가에 모여 산다

마르지 않기에
사는 동안만은
마음을 적셔 내릴 수 있는 위안

슬픔과 기쁨
회한과 설렘 같은 열매가
강변, 그 언저리에

푸르거나 붉은,
검거나 빛바랜
갖은 사연들로 자양(滋養)되다

산다는 것에서만은 뜨거운 강이 흐른다
절절히도 타버린
마음을 가로지르는 동안.

# 이른 秋想

김은식

아직 녹음은 짙은데
가을은 오는가?
항쟁하듯 매미소리
가는 여름을 짜증 한다

저무는 여름자락
해거름에
풀벌레 울음
긴 여운 툇마루에 젖다

먼 동구 밖
낙동 나룻터에
설익은 가을은 아직 영글지 않아
허기진 늦더위
땀 냄새로 돌아누운 여름 사내의 등판

때 이른 서정, 한 폭의 秋想!
해는 중천인데 늦잠은 선 꿈을 꾼다

멀리 시공의 강줄기
한 점으로 흐르는 나룻배는
오는 가을인가?
가는 여름인가?

붉은 연정을 싣고
떠내려 오다
불씨를 안고 난파하는 배
이산, 저산
불붙는 가을빛 꿈을 꾼다

어찌 할 수 없이
바라만 보아
만산을 다 태우고 저절로 사위어갈
말릴 수 없는 붉은 연정
가을 빛 꿈을 꾼다.

# 공산명월

김은식

잠 못 이루는 밤
하얀 벽에 걸린 달빛은 휘영청

달아난 잠에 술래가 되어
밤이슬 내리는 창을 열면
공산위에 뜬
명월처럼 밝은 생각

잠이 오지 않아
그래도, 잠은 오지 않아
뜰에 핀 꽃잎을 보고
걷노라면

교교한 달빛 아래
가슴 삭히며 핀 夜想花
은비 내리듯,
물안개를 맞으며 서있다

머릿속을
하얗게 비워둔 채
선명할수록 더 멀리 있고
고요할수록 이를 데 없는 그리움

이 땅에 그리움은
뿌리박힌 것들의
갈 수 없는 애상(愛想)

만월 뒤에서 누군가 보낸
가을빛에 젖고 서 있다.

# 이별예찬

김은식

이 세상 모든 상념은
끝이 났어도
이별의 생명만은 늙지 않아

모진 아픔으로
가슴에 남을 그 아름다운 비명

이별은
주어지는 것이 아닌
구하는 것

새 생명의 몸을 받아
우리 가슴에 새길 이름으로
사랑과 미움이 늙고 병들 때

이별은 그 모습 그대로
거기에 있어
지나간 것들의
영원히 아름다운 가슴을 안고 있다.

# 마음의 등

김은식

평생 짊어지고 가는
내가 주인이 아닌 등짝

때론 누군가의 위로를 받아야 하는
스스로 어루만질 수 없는
마음의 등도 있다

그 손길을 기다려
기대고 싶은
우리는,
보이지 않는 등을 가졌기에
사랑할 수 있는

혼자서는 할 수 없는
이 세상일들 앞에서 행복해 한다.

# 모정

김은식

깨소금 통에서
엄마 생각이 솔솔 난다
간장, 된장, 참기름
냉장고를 열면
고향냄새가 새어 나온다

엄마 냄새려니
안고 온 양념통들
귀 어둡고
기억마저 희미하신 그분
허구한 날,
객지 사는 아들네 생각
양념통만 자꾸 챙겨주신다

그냥 오면 서운해 하실까
안고 온 모정

고이 모셔다가 눈물밥을 삼키면
맛도 서운치 않게
늙으신 엄마도 서운치 않게
양념을 넣는다
듬뿍, 묵은 모정을 넣는다.

# 눈 오는 날

김은식

눈이 오면
마음은
누군가를 기다리는 길목이 된다

가로등 아래로
불 켜진 창가로
하염없이 쌓이는 하얀 기다림

눈 오는 날에는
눈만이, 오는 이가 없다

내릴수록 그리움으로 쌓이는
마음의 하얀 둔덕

내 그리움으로 두절된 길로
발자취를 두고 갈
흔적들은 오지를 않아

눈 내리는 날에는
마냥, 눈만이 오고
정표도 없이 가버릴 흰 눈만이 오고.

## 박진태 시인

경북 청도 출생
경북 칠곡 거주
대한문학세계 시 부문 등단
사) 창작문학예술인협의회 정회원
한국문인협회 회원
아남카라 문인회 회원
한국문인협회 칠곡지부 회원
수상 : 사단법인 한국민속식물생산자협회 주관
        2013년 제3회 전국 자연 사랑 시화전 대상
이메일 : qkrwlsxo123@hanmail.net

# 일상

박진태

스스로 야물지 못해
부스러질 바에야
바위보다 나는 흙으로나 살겠소

잡다한 생각 열 가지보다
호미 들고 작은 텃밭에서
차라리 잡초나 뽑겠소

아침에 일어나 창문 열면
마당 앞에 서 있는 감나무처럼
푸르게 살지 못할 바에야

나는 아직
어린 무지개 꿈 꾸오리다.

# 세월

박진태

깎아지른 절벽도
가시밭길도
시간은 장애가 되지 않는다

내 안의 슬픔과
기쁨 사이로
행복이 저울질하여도 에누리는 없다

난세에 세상 한쪽이 무너져도
시계 소리는 들리고

영웅이 칼을 뽑아도 세월은 베지 못한다.

# 공수래

박진태

누가 나를 재나 보다
귀가 간지럽다
오늘 걸어온 길을 되짚는다

한발 내려선 한파에
난로를 먼저 끌어안았다
헛발질에도 숨찬 건 매한가지

잡념을 쓸어담아
게으름만 배불리고
굽은 마음에 휘어진 생각들로
꿈만 띄워 보냈다
누가 나를 심판하나 보다.

# 아침에

박진태

자고 나면 늘 만나는
아침이 얼마나 신선한가요
중고도 아닌 새것을 부여받으니
고장 날 일도 없잖아요
툭하면 마음이 고장 나서 하루를 헤매지요
아직도 덜 깬 잠속에서
졸고 있지는 않나요
이슬이 떠나기 전에
고요한 새벽을 만나서 인사하고
촉촉한 아침과 마주 앉아서 차 한 잔 나누세요
빗장을 푸세요 걸어잠그면
새벽은 오지 않습니다
풀잎들이 기지개를 켜네요
푸른 실타래를 풀어서 신록을 짭니다
고요한 아침의 나라에서
나의 하루를 빗질해봅니다.

# 가을의 상상

박진태

마음 다 챙기고도
허무가 절반인 세상살이
백수로 살아도
나이는 해지할 수 없다고
세월이 대못을 박는다

언제나 부족하고
모자라서 목만 길어진
세월 앞에는 눈물밖에 없었다
지팡이 없이
내일을 더듬어야 하는 서글픔

아~ 서글픔도
세월이 가면 단풍이 드는구나
억새처럼 흐느끼는
남자의 계절
가을은 마음으로 늙는다

준비 없는 이별
우리는 이런 것들을 잊고 산다
산다는 것은 오로지
기쁨을 향해서
발길을 옮겨 가는 것이다.

# 가을 시

박진태

이젠 반소매와 반바지를 벗어 놓아야 한다
물감을 든 신록의 푸름도
도화지를 준비하여야 한다
단맛을 채운 열매가 떨어지고
화두를 잡은 사과의 붉은 깨달음을
찬바람에 씻어 보아야 한다

그렁한 눈망울로 야생화가 꽃을 피우면
은은한 가슴으로
지그시 눈을 감아 보리다
더러는 갈대의 마음으로
찬물에 발을 담그고
하얀 기도를 떠올려 보리다
이 가을엔 무엇을 채울까
무엇을 버릴까
그만큼 아는 길로만 걸어왔어도
언제나 계절은 낯설다.

# 서글픔 죽이기

박진태

넘어지지 마라
일으켜 세우는 사람보다
밟고 가는 사람이 더 많다

산길을 걸어 보아라
키 재기하는 나무 밑에
잡초들의 달동네가 산다

공평은 신들도 어쩌지 못하는구나
앞에 오는 서글픔을 치워라
미움도 보내라

모든 것이 내 탓이다,
하면
눈물부터 쏟아진다

세상 한 겹
벗겨 내고 나면
잡초 같은 근성이 일어선다

들여다보아라
마음속에 내일들은 언제나
빛을 향해 있다는 것을.

# 폭우

박진태

연일 비 소식에
부재중인 태양이 그립다
습한 곳을 뛰쳐나온 곰팡이들이
공화국을 만들지나 않을까 염려된다

눅눅한 아침 물 말아 먹는
가을꽃이 안쓰럽다
폭우에 무너지지 않는 것만도
얼마나 다행인데
날개를 접고 새들도 둥지를 지킨다

웃자란 욕망만 없으면
번갯불도 무섭지 않아
우산을 쓴 아침에
또다시 폭우가 쏟아진다.

# 사리

박진태

아무리 하찮은 일상이라도
씻어서 말리는 습관이 필요하다
뿌리만 내리면
쑥쑥 자라나는 근성이 그렇고
새처럼 모래밭에 발자국만 남기고 가는
허무가 그렇다

한 생애를 다 보여주고 가는
지천의 꽃들이
살고 간 흔적은 지워도
마른 보자기에 씨앗만은 남겨 두었다
한곳에 머물러 수도한 일편단심
저 까만 사리가 빛나고 있다

갑자기 세상을 헤집고 다니는
바람이 부럽지 않다
어느 곳에 있어도 마음만 묶어두면
튼실한 뿌리 하나는 내리겠지.

# 기다리는 예의

박진태

잔설을 껴입고 삿대질하는 바람도
모퉁이만 돌아서면 양반이다
햇살이 쪼아대는 담 밑에서
강보에 싸인 매화 향기
코끝 찡하게 전해 올 것 같은
조간신문 일면에 아직 봄 소식 없어도
재래시장 골목 좌판에는
할머니의 투박한 손에 낚여온 봄들이 파릇하다

어느새 사람들은
입으로 겨울을 밀어내는데
그 경계에 몰입하는 동안
강원도에는 연일 폭설이다
익숙한 것도 넘치면 낭패다
모로 누운 겨울의 몸살이다
버들강아지 솜털 간지러운 2월
간이역 하나만 지나면 춘삼월인데
정시에 도착하는 열차도
먼저 와서 기다리면 지겹다.

# 사랑만 싣고 가세요

서로 만나 영원을 약속하여도
우리 언젠가는
이별의 갈림길에서 헤어지는 것을,

너와 나 마음 안에
사랑 집 한 채 지어서
이래도 웃고
저래도 웃으며 살자

하루를 시작하는
아침 인사가
풀잎같이
청아한 미소이면 좋겠고

늦은 저녁엔
당신을 위한 수고였다고
격려해주는 아름다움도
함께 살았으면 좋겠다

덜컹거리는 세상 속에서
고추같이 맵게 살아도
집에 오면 은은한 원두를 내리자
부드럽고 따뜻한 곳으로 뿌리를 내리자

서로 만나서 함께 걸어가야 할 길
불필요한 것들은
모두가 무거운 짐이 된다
부부라는 수레는 사랑만 실어도 한 짐이다.

# 폭염

박진태

소용없다
그늘에 앉아
바람을
불러들여도 한통속이다

만취한
폭염이
그늘도
먹어 치우는구나!

# 비 오는 날이면

박진태

허름한 일상도
젖어 버리면 안 되지
오늘의 할 일은
처마 밑에 걸어 두자
애써 시간을 붙잡지 말자

고장 난 벽시계처럼
비 오는 날에는
마음을 걸어 두자
습기 찬 하루도
우거진 가시밭길도
모퉁이 돌아서
낙원으로 가는 길이다.

# 삶의 무게

박진태

서글픔을 백 도쯤 끓인다 해도
무쇠처럼 단단한
내 심장은 구멍 나지 않을 것이다
부어라
그리하면 가벼울지는 몰라도
네 삶의 전부
쭉정이 속에 있는 낱알 몇 개
내년 봄에 씨앗으로 심을 것뿐이네

삶의 무게에
주르륵 눈물 흐르면
무거운 가슴 뽑아다가 짭짤한 동치미 담고
네 허리춤 절벽
깊은 바다에 낚싯줄 풀어서
멸치만 한 기쁨 낚으면
올겨울엔
먹지 않아도 배부르리.

# 이정규 시인

2006년 현대시선 문예지 신인작가상 수상

　　　작가 인정서 문화등록 제03442

　　　작가번호 06~9030 ~3068

2007년 대경지부 지회장(전)

　　　방송 라이프 TV

　　　메가박스 TV 시 다수 발표

2008년 시 (붉은 입술)

　　　국문과 교수 학생 수업용으로 채택 수업

2010년 기독교 방송 "햇빛되게 하소서" 프로그램

　　　그대 오는 길목에서(시) 외 방송

3013년 효문학 효행상 대회 시 부분 금상 수상

2014년 현대시선 문학협회 대경지부 자문위원

2014년 대한문인협회 2015년 "명인명시 특선시인선 선정 "

2014년 (사)창작문학예술인협의회

　　　대한문인협회 향토문학상 수상

2015년 대한문인협회 대구경북지회 홍보국장(현)

# 좋은 생각

이정규

누가 슬프게 하였을까
반복 된 일상 생활의 틀 안에서
응어리진 가슴 활짝 펴도 좋으련만
하지만
아픔은 시간이 지나면 떠나 갑니다

시련과 역경 속에 새로운 시작으로
꽃과 벌이 공생공존의 관계처럼
아름다운 감동을
당신이 한번 만들어 보십시요

깨문 입술에
세상이 각박하여 근심으로 웃음을
잃으셨습니까
산다는 동기 부여는
삶에 대하여 정진하는 것이고
흐르는 물소리를 따라서
이 가을을 사랑으로 동행하여 보세요

삶의 양식은
꼭 정해진 이치가 아니었기에
마음의 여백을
좋은 생각으로 가득 채워서
소중한 하루를 만들어 가신다면
당신은 살만한 세상이 될 것입니다.

# 내가 슬프면 세월도 울어 주는가

이정규

화살 촉 처럼 빠른 이 세월에
되돌아 갈 수 없음은
차 한 잔 마시는 여유로움 조차
상실감에 허덕이고
고뇌속에
짊어진 무거운 삶의 언저리
정해진 것은 아니었건만
힘겨운 삶의 고찰이었네
우주의 중력처럼
밀고 당기는 사랑이 있어
그래도
모진 세파도 견딜수 있었지만
지금 멈춘 사랑 앞에
내가 슬프면
지나치는 세월도 울어 주는가
감내 할 수 없는 세속의 삶이여.

# 그리움

이정규

길섶에 내린 새벽 이슬
먼 동이 트면
머문자리 지우고
홀연히 떠나겠지만
너와 나
사랑으로 맺은 언약
한적한 가슴에
찬 서리 되어 내릴 적
깊은 그리움은
가슴에 미어 오는데
만남도 헤어짐도
정해진 이치와 순리라 하건만
그리움은 바램이 되어
한 줄기 빛으로 승화 될런지
내 생에
고운 인연이여
저 푸른 하늘에 표효하노라
그대만을
사랑했음이라고.

# 침묵의 비애

진한 포도주 와인 한 잔 바라보며
주시하는 동공
패인 골짜기 처럼 그렇게 깊었는지
천봉에 올라서네
인연의 아픔이 서러움에 직면 했을때
그대여
슬픈 삶의 언저리로 팽개치고
좌절속에
저 깊은 수렁의 강을 건너지를 마오
사랑은 결합의 문제점이 아니라
우리의 마음이 아닌
세상이 만들어 준 환경이라
짚시의 두려움으로 변질하였는지
어찌하면 좋을까
가슴 아픈 회한들
삶의 생채기 속에서 버티고
인연의 실타래로 엮어 졌다 하여도
난 당신을
영원히 사랑하고 싶었던 내 마음인 것을.

# 마지막 사랑의 오디션

이정규

내 인생에 있어서
우연이었는지
숙명이었는지는 알 수는 없어도
내 사랑의 마지막 오디션
그대와 장을 열었습니다
이렇듯
내 안에 당신만이 들어 있는데
바람이 분다고
낙엽처럼 떨어지고
세월이 흐른다고
기억 속에서 지워질까요
작은 상처 하나에도
가시에 찔린 듯 아픔이 서려 오는데
꺾어진 장미가 된다면
치유 될 수 없는 마음의 상처
생각조차 하기 싫었습니다
한 우물을 파지 않고서
사랑의 맛을 찾는
어리석은 광대 놀음은
결코
하늘은 길을 인도하지 않을 것이니

소중한 인연으로 만난 그대여

당신은

내 생에 마지막 사랑의 오디션이오 라고.

# 무언의 침묵

이정규

결단과 선택
밤새도록 무서리로 내렸건만
불면의 밤은
아직도 나를 모른다
성찰할 수 없는 삶의 언저리
유영의 혼돈속에
지친 기다림은
설렘을 혹사 시키고
사진속의 표정처럼
그대의 모습은
침묵으로 일관하니
순결한 약속은 어디로 갔는지
보이지 않는구나
빈약한 마음 흔들리고
이탈하는 온정과
그리움의 상실 앞에
이렇게
살라고 인연이 맺어 졌을까.

# 망월(望月)

이정규

꽃 피는 춘 삼월
그대가
두견화 꽃잎에 숨어 버린 날
순풍에 떠나 보내는
애잔한 나의 염원들이여
내 이야기가 재미 없어도
방긋 웃어 주던
지고한 그 사랑은
향기로운 여운으로만 남았으니
떠나고 흐르는 것은
나 혼자만의 흐름이겠냐만은
수구초심은
님 향한 마음일진데
지울 수도 보낼 수도 없는
불가무 인연이
생의 인연따라 잠시 왔다가
떠나는 것인지
인생이란 긴 여행속에
기다림의 망월은 상념속에 묻혀만 간다.

# 무엇을 보았는가

이정규

겨우내 죽은 듯 살아 있다가
봄이 되어
잎이 피고 꽃이 만발하니
당신은
그 향기에 취했다면
순간의 기쁨은 잠시일 뿐이고
삭풍에도 흔들리지 않고
잎과 꽃을 피우는데
뿌리의
고충을 생각해 보았는지요
사랑도
이와 마찬가지 이거늘
미모에 반해서 사랑을 했다면
오래가지 않는
인연이 될 것이오
진솔한 내면을 마음으로
받아 들였다면
그대의 사랑은
값진 고귀한 사랑이 될 것이다

뭇사람들이
보이는 것에만 취중하고 있으니
눈 뜬 소경이라
보이지 않는 부분을 느꼈다면
당신은
진정 아름다움을 아는
행복을 가지게 될 것입니다.

# 인생의 동반자

이정규

세월이 그렇게 만들었나
그토록
행복했던 사랑이
잠시만 떨어져 있어도
그리워 했던 사랑
내 인생에 있어서
멋진 사랑
긴 세월에 꽃을 피웠건만
이제는
미워졌을까
오늘도 여념없이 그대 생각에
잠 못 이루는 밤
그대는 이 마음 아시는지
당신이
저 멀리 떠난다 해도
손 잡고 맺은 언약
영원히 놓지 않을 겁니다
그대와 난
정해진 필연이었음을.

# 무위의 길

이정규

생성(生城)하는 그리움
분출하는 용암처럼 솟구쳐 오르지만
나약한 꿈틀거림은
슬픈 파문으로 되새길 뿐이고

슬픈 무위(無爲)의 길
존재를 잃어 버렸나
오색 네온싸인 주위를 맴도는 불나방
사선을 넘어 비애(非愛)를 삼키니

기다림은 의식의 축제요
멀어질 것 같은 나의 연정
자각(自覺)의 본성은
떼어 놓을 수 없는 맺음인 것을

가냘픈 가지에
꽃잎이 떨어졌다 하여도
부동의 천심(天心)은
새 삶을 열어 함박웃음 꽃으로 돌아 오겠지.

# 사랑별곡

이정규

달빛 빚은 술 그 한 잔 속에
추억의 상념들이 맴돌고
그리움 먹은 취객은
야속한 세월이 아닌 바로 나였구나

사계는 자연의 섭리와 이치로 정하고
낮과 밤에 달이 하나이듯이
순환기가 되어도
변치않는 내 사랑은 그대였으므로

푸념속에 진실한 독백은
사랑별곡의 미학속에
춤사위는 미워할 수 없음이었으니

야월삼경 달무리 구름속에 가리고
절개속의 푸름은
수심으로 가슴앓이 할 즈음
아 내가
어찌 그대의 마음을 모르리까 마는

어하 둥둥 내 사랑아
삶의 언저리를 미워하시게나

오늘 이 밤을 달빛과 벗을 하여
잔을 들겠네
오직
그대를 위해 세월을 마셔 버릴 것이네.

# 꼬부랑 길

터벅 터벅 말도 없이
굽어진 길을 따라서 간다

햇살이 있어 좋고
때로는
먹구름이 몰려 와
빗속을 걸어도 괜찮아

꼬부랑 길
지치고 힘들어도
되돌아 가기에는
이미 절반을 넘어 왔으니
마음의 길
정녕 내가 가야 할 길이
아니던가

새벽의 여명 속에
자중자애(自重自愛)하며
해 지는
일몰의 아름다움도
느낄 수 있는 길이란 것을
지천명(知天命)의 나이에
알았으니
꼬부랑 길은
내 마음의 스승이었구나

# 사랑의 예향

이정규

가을 향기에 꽃잎이 춤을 추고
소슬 바람에
이 마음 저만치 가고 있지만
언제나 그 자리인 걸

고달픈 삶의 언저리가
세속의 무게에 더러는 짓눌려 있고
때론 기쁨도 주지만
변치않는 추억은 세월 속에서도
내 마음에 있거늘

세속의 인연은
내 마음 같지 않아 애간장 태워도
어찌 하나요
정한수 떠다 놓고 빌고 비는 마음
일편단심이었으니

가는 세월아
물처럼 정처없이 흘러도
사계절 속에서도 곧은 청죽의 잎은
오직 한 마디 뿐
내 사랑은 내가 지킴을 알아주오.

# 내 인생의 물음표

이정규

망경창파(萬頃蒼波)에 띄운 사랑의 배
진솔한 내 마음이었고
그리움의 풍랑속에 출렁거리는
인연의 미소가 애잔하였으니

해가 지면
떠오르는 달은 자연의 섭리로
변함이 없건만
낙하하는 유성(流星)만이 서럽구나

인생은
호사다마(好事多磨)였던가
세월의 아픔은
장미의 가시가 되어 육신을 찌른다

관념(觀念)의 울타리는
첩첩산중이라
소욕지족(少欲知足)의 마음 일진데
내 인생의 물음표
정녕
비애(悲愛)의 꿈으로 마침표가 아니기를

## 채현석 시인

강원도 인제출생

경북 구미시 거주

2006년 10월 대한문학세계 신인문학상 수상 및 등단

사단법인 창작문학예술인협의회 정회원

한국문인협회 구미지부 회원

선주문학 회원

이메일 : chs064@hanmail.net

# 목련이 피는 날에

채현석

춘풍이 불어오는 산마루에

아지랑이 아른거리며
대지를 깨운다

촉촉이 대지를 적시는 빗방울에
잠을 깬 목련은
하얀 치맛자락 나부끼며
춤을 추는 어깨 위로
묻어나는 행복

종달새 지저귐에
드려지는 그리움은
하늘 자락에 여울진다.

# 고향

채현석

산수유 곱게 핀 고향
그곳에 가고 싶다
동심의 추억이 살아 숨 쉬는 그곳
토담 아래 모여 앉아
소꿉놀이하던 벗이 그리운 봄날
버들피리 꺾어 불던 그 시절
회상하며 불러보는 동요는
그리움의 여울 되어
가슴 깊이 울려 퍼진다.

# 일출

채현석

붉은 태양은
강물에 희망을 드리우며
아침을 연다
갈대는 바람결에 잠을 깨우고
새 둥지를 기웃거린다.
하루의 메시지를 드리운 채.

# 사노라면

채현석

살다 보면
기쁠 때도 있고
슬플 때도 있고
화가 날 때도 있겠지요
산다는 게
희로애락의 굴레 속에
맴도는 인생
살아온 세월보다
살아갈 날이 짧은데
욕망의 늪에서 허우적거리는
나그네야
남은 삶 멋지게 살아보자
인생 노을 곱게 물드는 날에
지나온 길 돌아보며
미소 머금고
아름다운 이별의 손 흔들며
귀천의 나래를 펼칠 수 있게
산다는 게 별 거인가
즐기며 사는 게 인생이지.

# 어머니 보고 싶어요

채현석

부엉이 슬피 우는 겨울밤
등잔불 아래 옹기종기 모여앉아
옛날 이야기 듣던 그 시절이
그리운 밤
화롯불에 감자를 구워 주시며
미소 짓던 그 모습이
추억 속에 가물가물
오늘은 어머니의 손맛이 그립다
별들이 졸고 있는 새벽
맷돌에 콩을 갈아 해주시던
순두부
김치 송송 썰어 김치 밥을 해주시던 그 맛
석양이 뒷산을 넘는 저녁
흰꼬리 나부끼며 승천하는
연기 자락에 그리움 담아
그리운 어머니 전에 전해본다.

# 백팔염주

채현석

백 년도 살지 못하는 인생이거늘
욕망의 늪에서 허우적거리는
나그네여
팔각정에 잠시 앉아
살아온 지난 일들 되돌아보고
남은 삶을 후회 없는 삶을
살 수 있기를
염원하는 마음으로
주워진 시간을 알차게
살아보자고요
백팔염주에 삶의 번뇌를 담아서
하나둘 내려놓는 마음으로
하루를 마무리하면서.

# 운해

채현석

밤새 기다림에 지친
달맞이꽃의 마음인가
산허리를 감싸 안고
아쉬운 마음으로 승천하는 운해
풀잎 위에 그리움을 담은
이슬방울 올려놓고서
띠니는 치맛자락에 묻어나는 서글픔
바람결은 지친 달맞이꽃 어루만지며
아침을 맞이한다

# 설악산

채현석

운해의 장막에 가린 채로
야생화 향기로 반기며
대청봉으로 나를 이끈다
송글송글 맺히는 땀방울에
행복은 묻어나고
풀벌레 노랫소리 귓가에 맴도는
고향의 산천은 추억을 되새기며
나를 반긴다
종종걸음으로 다람쥐는
삶에 지친 나를 자연의 품으로
안내하는 여름날
숨 가쁜 마음으로 다다른
정상의 풍경은
기나긴 장막을 거치고
드러낸 풍광에
감탄사 절로나고
시원한 계곡물에 발 담그고
바라보는 하늘에 그려지는 행복
나는 신선이 되어
시 한 수를 읊는다
자연 속 나를 담아서.

# 구름처럼 바람처럼

채현석

인생이 별거인가요
구름같이 떠도는 인생
바람이 부는 대로
세상 구경하다가
석양 노을 드리워진
하늘로 귀천하는 날
아쉬움의 눈물 자국
남기지 않는 게
멋진 인생이거늘
살면서
쌓인 업장 하나둘
내려놓는 마음으로
오늘을 살고 싶어라
빈손으로 왔다가
빈손으로 가는 게 인생인 것을

세상욕망 마음에 담고
아등바등 살아본들
남는 건 아쉬움 뿐
아침이 전해주는 신선함으로
오늘 하루도
마음의 그릇을 비우고
풀잎에 내린 이슬로
탐욕을 씻어내며
처음 그대로의 마음을
간직한 채
아름다운 여행을 담고 싶다
내 삶의 도화지에.

# 구절초

채현석

가을바람 불어오는 산자락에
곱게 핀 구절초 꽃
호랑나비 다가와 짧은 입맞춤에
사랑흔적 남기우고
떠나버린 하늘 위에 드려진 서글픈 맘
가을날의 그리움 되어
파랗게 물들어간다
잔잔한 내 가슴에.

# 칠월의 그리움

채현석

칠월은 그리움에 빠져들게
한다
망초 꽃망울처럼
피어나는 그리움
나비처럼 다가왔다
바람처럼 사라져 가는 그대
오늘은 무척 보고 싶다
망초 꽃망울에 맺힌 이슬처럼
가슴속엔 그리움이 맺혀 흐른다
여름날의 소나기처럼
메마른 내 마음을 흠뻑 적실 수 있는
그대 사랑이 그립다
행복 무지개가 피어나는
칠월의 추억을 만들고 싶다.

# 민들레 홀씨 되어

채현석

노란 꽃잎에 희망을 안고
파란 하늘을 바라보는 눈가에
맺히는 그리움
쌓이고 쌓여
홀씨를 만들고
재회의 설렘으로
길떠나는 홀씨 하나
바람결 타고 덩실덩실 춤추며
여행길에 오른다
기다림의 고통을 털어버리고
떠나는 홀씨처럼
그리운 임 곁으로 다가서고 싶은 맘
그대는 아시려나
애절한 내 마음을
마음은 늘
홀씨 되어
그대 곁을 맴돌고
재회의 그 날을 기다리며
기다림 속에 하루를 보낸다.

# 찔레꽃

채현석

찔레꽃 붉게 피는 유월이면
그리움이 더해간다
소쩍새 슬픈 음성
가슴을 적시는 그리움
보고 싶어도 볼 수 없는 얼굴
기억 속에서 가물거리고
눈가에 서글픔만이 맺혀 흐른다
하얀 꽃잎 하나둘
강물 위에 띄우며
불러보는 그리운 임
은빛여울사이로
미소 지으며 나를 반긴다.

# 능소화

구중궁궐 깊은 시름
그 임은 아시려나
담장을 서성이는 능소화 여인
임의 발소리 들으려
귀 기울이며 살아온 세월
짙붉은 그리움을 꽃잎 위에
그려놓고.
슬피 우는 여인이여
진한 향기 길목에 뿌리 우고
애달픈 마음 노래하는
슬픈 능소화.

# 백낙은(원) 시인

1938년 김천시 삼락동 출생.
1969년 한국 신학대학 졸업.
1971년 충북노회 목사 임직.
2012년 한국문학정신 시와 수필 동시 등단.
2012년 한국문학정신 독도시 경연대회 대상 수상.
2012년 아람문학에서 시 부문 수필 부문 등단.
2013년 대한문학세계 시 부문 수필 부문 등단.
2013년 대한문인협회 "이달의 작가" 선정
2013년 대한문인협회 "베스트셀러 작가상" 수상.
2014년 대한문인협회 주관 한 줄 시 공모전 은상 수상.
2014년 대한문인협회 한국문학 우수문학상 수상.
2015년 대한문인협회 수필소설분과위원회 회장.
저서
설교집 "세미한 음성" 출간.
수필집 1집 "황야의 소리" (재판) 출간.
수필집 2집 "당신의 풀밭은 푸릅니까" 출간.
수필집 3집 "인간 상실의 시대" 출간.
베델성서연구 보조교재. 전편 출간.
베델성서연구 보조교재. 후편 출간.
제 1시집 "내 영혼의 깊은 곳에서 맑은 가락이 울려나네" 출간.
제 2시집 "시밀레"(영원한 친구) 출간.
이메일 : nakwoun@hanmail.net

# 꽃이 되어라

백낙은(원)

많은 사람이
나는 왜 이렇게 고독한가
기쁜 일이라곤 없는가
죽을 만큼 외롭다고 탄식하지만

기쁨과 즐거움은
자기가 만드는 것
모두가 행복해 지는
꽃이 되려하지 않기 때문이라

남이 피운 꽃이 좋거든
마구잡이로 꺾지 말고
함부로 짓밟지 말 것이며
네 스스로 예쁜 꽃이 되어라

그대가 어여쁜 한 송이
꽃이 된다면 그 향기 따라
벌 나비가 찾아 올 테고
네 삶이 결코 외롭지 않으리

# 꿈속의 여인

백낙은(원)

한적한 오솔길
나 혼자 걷노라면
말없이 다가와
함께 가자고 채근하는
어여쁜 소녀가 있다.

짧은 치마 살랑살랑
다소곳한 미소
이슬만 먹고 사는지
생전 늙지도 않고
성내는 법도 없네

단발머리 찰랑찰랑
꿈속의 여인
반세기나 지났는데
그 체향 스멀스멀 번지고
그 소녀 사뭇 내 속에 사나봐

# 나는 바람둥이

백낙은(원)

내 나이 희수(喜壽)인데 지난 몇 년 동안
세 번이나 임을 바꿨습니다
언제나 내 품을 떠나지 못하는 임
내 허락 없이는 절대로
타인에게 문을 열지 않는 임
내 몸짓 하나로 나에게만
모든 것을 허락하는 임을 두고
또 호시탐탐 임 바꿀 기회를 노린답니다

모르는 것이 없는 그 임
알고 싶은 것을 꼭꼭 짚어 주고
정확하게 시간을 일러주어
한 번도 약속을 어긴 적 없는 임
함께 게임하며 놀아 주고
길도 잘 안내해 주는 그 임을
나이 들어 유행에 뒤진다는 이유로
신식 여인을 자꾸만 곁눈질한답니다.

좀 더 눈이 밝은 임

얼굴이 더 크고 훤한 임

유연한 몸매를 가진 임

더 많은 것을 기억하였다가

큰 기쁨을 줄 여인

한 번 사귄 임 2년을 못 넘겨도

임 없이는 하루도 못사는 나는

아마도 세기의 바람둥이일 겁니다.


* 그 임은 바로 휴대폰입니다.

# 나무이고 싶다

백낙은(원)

고독의 짙은 그림자 드리운 채
타박타박 외로운 나그네길
40여 년의 고달픈 여정 벗어나
물 맑고 빛 고은 청하에 뿌리 내렸다.

나 이제 한그루 나무이고 싶다.
두 손 두 팔 하늘 향하여 쳐들고
오관은 살랑 살랑 바람 일구어
맘껏 몸 흔들며 노래하는 나무이고 싶다.

낮에는 숨 막히는 공해 빨아들이고
밤에는 시(詩)란 산소(酸素) 뿜어내며
언젠가 동지들 만나 숲 이루어
이 세상 정화시켜 나가는 나무이고 싶다.

카멜레온처럼 배신 변절 야합 거쳐
하루에도 열두 번씩 안색 바꿔도
푸르고 푸른 사랑 고이 지닌 채
생명 다하기까지 굳게 서있는 나무이고 싶다.

# 바다이고 싶다

백낙은(원)

아무리 보고 또 보아도
싫지 않은 바다이고 싶다.
하늘과의 한계를 알고
나설 때와 물러설 때를 알며
모든 것 품는 속 깊은 바다이고 싶다.

강물이 아무리 흘러들어도
모두 다 받아 주는 포용력
그리고도 변치 않는 바다.
아무리 갈라놓으려 해도
하나 되는 푸른 바다이고 싶다.

손톱만한 것 때문에 아귀다툼하는
밴댕이 속 같은 세상에서
사랑이 무엇인가를, 그리고
어떻게 하는 것인가를 알려주려
하늘도 감싸는 넓은 바다이고 싶다.

# 베 짜는 인생

백낙은(원)

운명은 날줄
인간의 노력은 씨줄
인생 삶이란 베를 짜는 것

촘촘한 날줄 베틀에 걸고
북에다 씨줄을 걸어
번갈아 손발 움직여 세월을 짠다.

날줄 씨줄을 서로 얽어
바디질로 베가 짜지면
도투마리에 인생이 감긴다.

인생은 공사 중
언젠가 공사 끝나는 날
주인 앞에 파노라마로 펼쳐지겠지

# 어머니라는 여인

백낙은(원)

새벽을 깨우고 일어나
얼음물에 목욕재계하신 다음
정화수 한 사발 장독대에 올려놓고
지극정성 축수(祝手)하는 작은 거인

무엇이 그토록
잠 못 이루게 하였고
그토록 절박하게 하였으며
그리도 가슴 저리게 하였든가

올망졸망 우리 사형제를 위한
치성(致誠)이었던 것을
뒤늦게 철들어 깨달았지만
그 여인 이미 이 세상 분이 아니시네

애달프다 어이하며
후회한들 무엇 하랴
목매어 불러 봐도 소용이 없고
천추에 씻지 못할 일 왜 아니겠는가

# 우리 아버지

방 안에 물그릇이
꽁꽁 얼어붙는
엄동설한에도
아버님은 새벽같이
쇠죽을 끓이신다.

볏짚을 잘게 썰어 넣고
쌀 씻은 뜨물과
쌀겨를 조금 넣은 다음
장작불에 푹— 끓이면
구수한 시래깃국 냄새가 난다.

문밖에서 꽁꽁 언 채
밤새 주인을 기다리는 신발
아궁이 앞에 가지런히 놓아
따뜻하게 녹였다가
눈 비비고 나오는 내게 대령(待令)이시다.

잔칫집에 가시면 사탕 두어 알
양조장에 가시면 고두밥 한 움큼
챙겨다 주시던 우리 아버지
돌아 가신지도 어언 30여 년인데
얼마나 세월이 더 흘러야 잊힐까?
아직도 내 마음속에 살아계신 우리 아버지

# 잠 못 이루는 밤

백낙은(원)

아스라한 고민도
소스라칠 외로움도 없는데
까만 망막에 총총한 별들
시샘에 눈이 무르고

마당에 멍석 깔고
모깃불 옆에 나란히 누워
내별이라 점찍은 그 별
아직도 아련히 빛나는데

귀청 울리는 까마귀 소리
행여나 오작교 지으려나
어느새 까마귀는 보이지 않고
무심한 견공만 우짖어 대네

유유히 흐르는 은하수에
돛단배 하나 띄우고
임 찾아 나섰다가
길 잃은 내 모습 애처롭구나

# 허수아비 인생

백낙은(원)

뭇 아가씨들 몰려와 분장도 해주고
모자도 씌워 주고
같이 어울려 놀아도 주었는데
벗겨진 머리에 찬바람 맞으며
날 때부터 수염 달고
들판에 홀로 서 있는
안경 낀 할아비 허수아비
그래서 더 서러운 허수아비여!

젊어선 온갖 잡새들
잘도 쫓았는데
고놈의 새들이 머리 꼭대기 올라앉아
담배를 박신거리며
이 팔에서 저 팔로
이곳저곳에 쉬를 해대고
코앞에서 추한 짓 다하니
스스로 눈을 감아 버린다.

찬란한 젊음 한 번 꽃피우지 못한 채
날 때부터 할아비 된 허수아비
추수 끝난 들판에 외로이 서서
따가운 햇살에 몸서리가 나도
등 가려워 진저리가 쳐져도
차가운 비바람에 옷깃이 날려도
팔 벌리고 서 있는 외로운 허수아비
친구들 어디 가고 홀로 섰는가

온갖 잡새 쫓느라 처져버린 어깨
일그러진 몰골로 하늘 우러러
언젠가 우리 주인 날 찾아와
팔 내려 줄 때까지
꼼짝 못하고 서 있는 허수아비
곱 백번 다시 태어나도
허수아비일 것을
다시금 다짐하는 허수아비 인생

* 나는 13살 때 예수 믿고 33살에 목사가 되어 40년을 목회했다.
  여기서 허수아비는 목사인 나를 일컬음이다.

167

# 합죽선

백낙은(원)

가지 말라고
그토록 애원했는데
봄바람 선뜻 가버리고
어느덧 훈풍 불어와
한 겹 두 겹 표피를 벗긴다.

송알송알 땀방울 맺힐 때
옛 조상님들의 친구
합죽선 꺼내 펴면
서리서리 접어 두었던
사군자 산수화 자태를 뽐내고

휘파람새 날아간
느티나무 풋내 짙은 그늘
설렁설렁 신선 흉내를 내면
없던 거드름도 피어나고
이른 오월 더위도 오수를 즐긴다.

# 진달래 화전

백낙은(원)

보릿고개 넘지 못하고
돌아오지 못할 강 건너는
한 많은 민초들 위해
하늘이 내려 주신 서민의 양식
강산에 널린 천혜(天惠)의 참꽃

자신을 내어 주려
꽃으로 화하신 듯
환한 어머님의 웃음 꽃
천사의 날개인가
나비인 양 나풀거리네

동그란 찹쌀 반죽에
꽃 한 송이 올려놓고
콩기름 두르고 번철에 부쳐
꿀 바른 진달래 화전 속에
아롱거리는 어머님의 얼굴

# 고독의 심연

백낙은(원)

아무리
긴 밤이라도
고독만큼이야 길겠습니까

아무리
어두운 동굴이라도
고독만큼이야 어둡겠습니까

아무리
심한 고문이라도
고독만큼이야 아프겠습니까

아무리
추운 벌판이라도
고독만큼이야 춥겠습니까

나의 당신이여
나를 이 고독의 심연에서
구할 사람은 당신뿐이랍니다.

# 창가에 흐르는 낙수

백낙은(원)

보슬비 내리는
이런 봄날에는
정처 없이 먼 길 나서고 싶다.

한적한 오솔길 홀로 걷는
그대 우산 속에 파고들어
함께 거닐고 싶다.

벤치에 나란히 앉아
귓속말로 소곤소곤
옛 이야기 나누고 싶다.

옛 기억은 아린 추억이 되고
눈물일까
빗물일까
창가에 흐르는 저 낙수는…

# 김영애 시인

대구 수성구 거주
시인, 수필가, 낭송가
"대한문학세계" 시 부문 등단
"영남문학" 수필 부문 등단
한국명시낭송가협회 주최
"시사랑전국시낭송경연대회" 동상 수상
서울 현대문학 신문 주최
"전국시낭송아티스트경연대회" 장려상 수상
사)창작문학예술인협의회 정회원.
천마문학회 회원.
영남문학 운영위원
한국시낭송연합회 회원
한국명시낭송가협회 이사.
문예교육지도사 과정 수료
문예교육지도사 1급 자격증 소지
'시와 시와' 시집, '전국문학인 꽃축제집''천마문학'등 다수 수록

# 사리암

솔나무 숲을 이루고 솔향기 그윽한 곳
굽이굽이 돌고 돌아 임찾아 가는 길

호거산에 안긴 도량 임의 향기 가득하고
고개들어 쳐다보니
층암절벽 뿌린 내린 사리암이 제 있구나
삿된 마음 터럭 하나 허락질 않으시고
세속 번뇌 망상 모두 내려놓고 오라시네

청솔모 재롱떨며 길손들 맞이하고
배려하며 손내미는 초입의 지팡이들
간절한 소망담은 크고 작은 돌무덤들
비탈진 오솔길에 잔솔가지 나뒹굴고
계절 잊은 마른잎은 발밑에서 노래한다

1008개 돌계단에 임 향한 마음담고
약수터에 도달하여 이마 스윽 땀 훔치고
감로수 한 모금에 가쁜 숨 다스리니
어느덧 해탈교에 마음의 짐 내려놓는다

24개 계단위에 천태각 나반존자님
하심하며 살겠습니다
삿된 마음 다스리며 살겠습니다
석양에 젖은 두 손 가슴에 모으고
나반존자 읊조리며 머리 조아리니
청아한 목탁소리 산사에 울려 퍼진다.

# 영하기

김영애

태양마저 외면하던 한서린 외마디는
어제의 피빛 울음을 토해내고
여운의 어둠색은 짙어만 간다

그리움은 희뿌연 안개를 피우고
빛바랜 세월에 봉긋한 가슴이 되어
철마다 아픈 전설을 기억하고
여우별처럼 나타났다 사라지는
눈물의 언어 바람의 언어였다

하늘엔 어둠이 내려 앉고
아직도 찾지 못한 술래의 다그침에
늘솔길 저 너머에 미소 가득 영하기
여린 까치발 사랑으로 달려올까

가슴에 묻은 아픈 손가락
오늘도 삽짝문 닫지 못하는
동구 밖 긴 그림자는 장승이 되어
까만 밤 하얗게 지샌다.

# 현 자화상

김영애

하얀 안개비의 서글픈 흐느낌은
헤진 베적삼에 아름아름 젖어 들고
단장(斷腸)의 통곡을 쏟아낸다.

차가운 시선이 한줄기 바람으로 등줄기를 훑고
웅 웅 벌떼 소리 고막을 찢는다
떨어지는 꽃 모가지에 붉은 피가 뿜어져
발밑에 군상들 악을 쓰는 비릿한 절규에
서리서리 맺힌 깊은 한숨,
골(骨)마디 마디 마른 눈물의 자욱들

아집(我執)의 무리들에
솔가리 같은 육신은 밟히고 짓이겨져
까맣게 멍들고 부서진다.

굽은 등에 무거운 삶의 무게,
윤기없는 한숨소리에
영혼없는 수족(手足)이 힘없이 털썩거린다.

말없이 어깨만 들썩이던 산은 돌아 앉고
처량한 풀국새의 울음만 아슴 아슴히 들려 온다.

# 봄볕

빛 고운 햇살 한 조각
살포시 어깨에 내려 앉고
귓볼을 간지르는 바람의 속삭임

물 오른 나뭇가지 새들의 노래소리
길게 기지개 켜는 봄의 향기는
새악시 볼같은 복사꽃에 머물고

콩닥콩닥
첫 발 떼는 아가의 걸음마 소리인가
언 가슴 녹이려 찾아오는 사랑의 소리인가
따스한 봄볕에 가슴은 자꾸만 설레어지고.

# 봉선화

김영애

햇살이 앞 마당에 살풋이 내려앉은 날
장독대 옆 곱게 핀 봉선화 꽃잎 따서
돌멩이로 콩콩콩

약속 걸던 새끼손가락 붉은 꽃물 들이고
첫눈 오는 그날까지 설레는 기다림에
마음까지 자꾸만 붉어집니다

손끝엔 붉은 꽃물 매달려 있는데
무심한 하늘은 안개비만 하얗게 날리고
뒤돌아서는 허허로운 발자국에
가슴만 촉촉히 젖어 옵니다.

# 봄의 귀환

김영애

바람에 날리는 먼산의 잔설에
쉴자리 찾던 까마귀 시린 울음 울고
양지쪽 찾아 다니는 길냥이는 아직도 추운데
야실야실 눈웃음 짓는 여인의 환한 얼굴
봄을 쫓아 길거리로 달려 나온다

찢긴 달력위로 팔랑팔랑 봄향기 스며들고
철모르고 꽃피우던 개나리 제 철을 맞았다
겨우내 호수위에 잠자던 오리배는 기지개 켜며
아직도 살얼음 호수위를 활보하고
희망 노래 부르며 봄이 오고 있다.

# 봄비

김영애

밤사이 임이 다녀 가셨구나
야윈 나뭇가지 끝에
대롱대롱 봄을 달아 놓으셨네

임 향한 내 마음 아는지 모르는지
심술궂은 봄비
그예 임 발자국 지워 버렸네

# 수성못의 봄

김영애

겨우내 잠자던 오리배
동그란 눈 크게 뜨고 상춘객 맞이하고
청둥오리 찰방찰방 봄을 즐긴다

물마른 고목에도 파릇파릇
초록잎들 앞다투어 세상구경 나서고
줄지은 연분홍꽃 하늘을 덮었다

청아한 하늘의 빛을 받아
어둠보다 진한 농밀한 향기
살짝 스치듯 부는 바람에도
겨워 꽃비되어 흩날린다.

182

# 잠 못드는 가을 어느날

김영애

갈바람 부둥켜안은 어둠은
외로움에 홀로 서걱거리고
가을은 밤새 보도 위를 뒹군다

마당에 달그림자 길게 드리우고
그리운 임생각에 잠 못 드는 밤.
길잃은 꺼병이의 애끓는 울음소리
가을비 되어 흐른다.

*꺼병이 : 꿩의 어린새끼

183

## 장독대

마당 한켠 대추나뭇가지에
추석날 송편같은 초승달이 걸려있고
먼데 개짓는 소리 들리면
아스라이 떠오르는
어릴 적 고향집 마당 한 켠에 볕 잘 드는 곳
반질반질 윤기나는 엄마의 장독대가 생각난다.

엄마의 손길이 닿고
엄마의 애환이 담긴 장독들
매콤달짝한 고추장, 구수한 된장, 알싸하고 짭쪼롬 간장
아삭아삭 포기김치, 얼음 살살 동치미
일 년치 양식이라며 보기만 해도 배부르다고
장독대 쳐다보며 흐뭇해 하셨고
그 추운 엄동설한에도 꽁꽁 언 손 호호 불며
크고 작은 수십 개의 장독들을
보물인 양 아끼시며 하나하나 윤이 나도록 닦으셨는데

184

내 키보다 큰 항아리에 들어가
숨바꼭질하다 잠이 들면
온 식구들 날 찾아 동네 뒤지고
여름철엔 과일들 넣어두고
하나씩 간식으로 주시곤 했던
그 장독대가 정겹고 그리워지는 건
지금은 꿈속에서도 볼 수 없는
엄마의 모습이 그리워서가 아닐는지

큰 독은 두고 자그마한 독 몇 개 가져 와
우리 집 베란다 한켠에
장식용으로 화병으로 또 우산꽂이로
아름아름 추억의 늪에 빠진다.

# 닻

김영애

붉은 가슴은 망망대해를 헤집고
바다는 깊은 한숨을 내어 쉰다
부서지고 아파하며 절규하는
처량한 낮달의 서글픈 외마디는
하얀 포말속에 파묻혔다

외로운 한 점의 농(濃)익은 열정
오대양 육대주를 누비고
독수리의 두 눈은 희망과 환희를
태양을 잡은 손에 염원을 담았다

억겁(億劫)의 세월속에
푸른바다는 생명을 잉태하고
아리랑 노래에 파도는 춤춘다
힘차게 날개짓하는 갈매기의 노래
청춘의 붉은 가슴에 닻을 올려라.

# 청학동

김영애

집집마다 머리에는 산죽으로 장식하고
마을 입구 솟대는 손님 맞기 정신없다

낯선 이의 방문에 놀란 바람 솟대 뒤로 숨고
얼어붙은 계곡밑으로 겨울들의 합창소리
길가의 산죽들은 수런수런 이야기꽃을 피우고
시나브로 까르르 까르르 덤풀들의 정겨운 웃음소리

널부러진 등걸들은 여름날 추억을 그리고
발밑의 잔설들은 서러움에 겨워 우는데
작년 가을 집 떠난 낙엽들은 토닥토닥 서로를 위로한다

긴 수염 도인들은 도포자락 휘날리며 자연을 벗삼고
지리산 자락엔 청학들이 여유로이 노니는데
인간세상 지긋이 내려다 보며 우뚝 선 삼신봉우리는
오늘도 변함없이 그 자리를 지킨다.

# 황혼

김영애

하늘은 먹물 가사(袈裟)를 입었다.
정수리 위로 하얀 별들이 쏟아지고
소쩍새는 단장(斷腸)의 노래를 토해낸다

처마 끝 풍경은 바람의 희롱에 몸을 비틀고
상수리 나무는 호이호이 지난 날을 그린다

하얗게 바랜 시간들은
결마다 곰삭은 비릿함을 풍기고
머무는 한점 바람 발 밑을 맴돈다

허공을 향한 촛점없는 가슴은
어둠의 끝에 마주하고
흙묻은 사금파리 보다 못한
아련한 그리움을 마신다.

# 송도의 겨울

김영애

검푸른 바다는 은빛 비늘을 뿜어내고
파도는 눈물겹도록 지난 날이 그립다

현기증이 날 것만 같은 하얀 포말의 너울짓에
물새들은 수면을 차고 나른다

날개는 허공을 가르고
메마른 울음소리는 바다속을 자맥질을 한다

멀리 수평선 위에 겨울 쉼하는 당도리 한 척만
바다의 너울짓에 몸을 맡긴다.

# 한영택 시인

경북 포항 출생
대구시 수성구 거주
2014년 8월 대한문학세계 시 부문 등단
2014년 12월 2015 현대시를 대표하는 명인명시 특선시인선 선정
2014년 12월 대한문인협회 향토문학상 수상
(사)창작문학예술인협의회/대한문인협회 정회원

# 꽃잎 활짝 피었네

한영택

삽지껄에
봄비 내려 숨죽이듯
아침 햇살에 꽃잎 활짝 피었네

아! 눈부시도다
그토록 곱디곱게 피려
바람도 마다하고 남의 애를 태웠니?

첫눈에 반한 나
너에게 반하여 온종일 멍하니
너 생각만 하였네

벌들이 놀다간 자리에
향취가 묻어나고
아름다운 꽃잎이 반짝거리네

얼른 너에게 가야겠다
꽃샘바람에 혹시나 파르르
떨고 있을 너

내 너를 가까이 두어
밤낮 서로 마주 보며 이야기하자
사랑얘기 사랑얘기를.

# 길

한영택

하늘에는 길이 끝이 없다.
그 길을 많이 가지려고
세상 안에는
아옹다옹하고 있다.

구름과 바람과 비가
그들의 다툼에 못마땅해
얄밉게 비켜 서 있다.
누구의 편도 들지 못한 채
그저 침묵으로 흐른다.

곳곳에서는
날이 갈수록 길에 대한
애착이 심해진다.
삭발하고 단식을 하고
외쳐 대지만
꽉 다문 하늘의 길은
열릴 줄 모르네.

세월이 흐르고
구름이 바람을 몰고 가
어디든 비를 뿌릴 때
비로소 그곳에
하늘의 길이 열릴 것이다.

# 그리움

한영택

가시듯
보내어도
다시 품는
그리움이여!

그리다
그리려다
못 다 그린
임 얼굴

임 향한
붉은 가슴에
못 다 부른
그 노래

봄바람
꽃향기 실어
내게
오시렵니까?

# 펄떡거림의 미각

한영택

바다 내음을
가득 싣고 온
어구 속에
비린내 나는 바닷고기

펄떡거리는
경매시장에 펼쳐져
경매사의 빠른 손놀림에
목청을 치켜세우고
시장에 활기가 피어난다.

수족관 속에서
입을 딱 벌리고
쳐다보는 놈은
이날이 생명의 마지막인 줄
이제야 알았을까?

물살 일으키며
용을 쓰지만
한 움큼 손아귀에
포로가 되어
나그네의 미각만 돋군다.

# 그리움의 향연

한영택

잔잔히 파고치는 너의 맘 나의 맘
밤하늘의 유성처럼 온누리를 비추었다
세월의 무게만큼이나 한껏 부풀어져
사랑으로 얽히어 한 획을 긋는다.

즐거이 마주 보며 웃는 눈가에
아침이슬처럼 영롱히 빛나는 그대의 눈망울
잔잔한 호수에 달그림자 반사되듯
세상을 아름답게 가꾸어 주었다.

마음은 어디라도 줄기차게 달려가련만
만나지 못하는 안타까움 쌓여만 가고
머물지 못하는 아쉬움에 애간장 태우며
그리움만 불꽃처럼 타오른다.

* 파고(波高) : 어떤 관계에서 긴장의 정도를 비유한 말

# 자판기에 싹튼 사랑

한영택

자판을 두드려 타닥타닥
내 마음 담아서
너에게 보내는 그리움
감출 수 없어요.

봄바람에 너의 향기 품어와
나의 콧잔등에
나비처럼 살포시 내려앉아
날갯짓 포근함을
잊을 수 없어요.

책갈피에 끼워 둔 단풍잎처럼
수없이 기다리고 헤아렸던
사랑이 머무른 시간
지울 수 없어요.

행여 잊을까 또다시
자판도 따다닥 거리고
긴 여운에 몸속 깊이 서리는
사랑의 무지개를
보낼 수 없어요.

# 운해(雲海)

한영택

먼 산을 내다보니
하늘의 반이 바다를 이루었다
다도해가 따로 없구나
바로 여기가 지척의 다도해
짙게 그린 섬들의 황홀한 곳
그곳에 가고 싶다.

돛단배 타고 노를 저으며
섬 한 바퀴 돌아보자
등대가 빤히 보이는
저기 저 불빛 속에
구름이 드리워져 누워 있구나.

운해를 가로 지르며
변해가는 물결 따라

섬엔 꿈과 낭만이 가득하려나
구름이 걷히고 나면
묵묵히 버티고 있는 저 산봉우리
자연의 모습으로 돌아가겠지.

# 커피 한 잔

한영택

앞산 카페거리엔 커피숍이
책장의 활자처럼 널려 있다
그곳엔 젊음과 여유가 넘쳐나고
도시의 문화가 꿈틀댄다.

한 잔의 커피에
사색이 감돌고 엔도르핀이 솟고
오감이 전등을 밝힌 듯이
온몸에 비춰든다
이곳은 일과 중
보고 듣고 맛보고 느끼고
인생의 고운 항아리 속같이
새로움을 창출하는 별천지 같다.

커피 한 잔
어떤 이는 카페인이 들어서
중독이라 여기지만
나에겐 생기를 불러온다
하루의 지친 몸과 복잡한 생각을
한줄기 소낙비처럼
말끔히 날려 보낸다.

# 기다림

한영택

누군가를 가슴에 담고
누군가를 그리워하고
누군가를 기다리는 마음은
참으로 행복한 일입니다.

어느 날 슬쩍 마음을 주고
행여 무슨 일이 있을까
가슴 조이며 궁금해하는 것도
사랑하기 때문입니다.

무심코 주고받은 흔적이
슬며시 부메랑 되어
마른 가슴에 되돌아올 줄은
차마 몰랐습니다.

그냥 지켜만 보아도
말하지 않아도 눈빛만으로
바보처럼 멍해지는
이 순간이 행복합니다.

# 산들바람

한영택

산속 깊숙한 곳
바윗돌만 가득한
개울의 바위틈에 콸콸
우리네 속살을 씻어주는구나.

빽빽한 숲 사이
산골짝 어귀에
누군가 손짓하여 살랑살랑
산들바람 불어와
이마에 땀방울 식혀주는구나.

산새 지저귀는
바위틈 물소리 따라
산들바람 가버리기 전에
여기 두 팔 벌려서
너와 같이 잠들고 싶어라.

# 봄날의 산행

한영택

길섶에
나란히 줄지어 선
이름 모를 풀꽃들이
너와 나를 반기며 방긋거린다.

봄 햇살이
아! 봄이다! 하고
고개를 기웃거리자
수풀 사이로 산새가 포르르 짹짹
아지랑이 잠에서 깨어난다.

타박타박
산길 걸어가는 발걸음
오르막 낑낑 손을 잡으니
내리막 폴짝 사랑이 여문다.

정상에 다다르자
산마루엔 솔향기 솔솔
산바람 타고 콧등에 향기가 배긴다
아! 봄이다! 하니
바위도 벌떡 함께 외친다.

# 바위

한영택

말 없는 바위는
오늘도 뚝심 하나로 버틴다.
찾아오는 이 아무도 없고
그냥 산기슭에 버려진 채
홀로 고독하게 세월을 보낸다.

이름난 바위는
그곳에 많은 인파를 몰고 와
자기를 뽐내면서
거만한 자태로 이름값을
톡톡히 하는구나.

張三李四의 바위들
비와 바람에 깎이는 대로
몸을 맡겨 수양해 보지만
그 뜻을 이루지 못한 채
무명으로 한세월 보내는구려.

# 그대를 사랑합니다

한영택

그대를 사랑합니다.
꽃피고 새가 울고 봄이 올 때
바람처럼 내 곁에 다가와
곱디고운 발걸음을 남기고 간 그대
나의 기다림의 연속입니다.

그대를 기억합니다.
한 송이 백합처럼 그대의 마음이
천사처럼 날아와 살포시
가슴에 머물다 간 행복했던 추억들이
내 마음을 빼앗아 갔습니다.

그대를 그리워합니다.
같이 있고 싶은 마음 끝이 없지만
그대의 경계선 밖에 머문 몸
애수에 젖은 눈빛으로 가만히 또 바라보며
오늘도 그대 곁으로 다가가 봅니다.

그대를 미워도 했습니다.
어두운 밤하늘에 별을 헤아리듯이
나의 곁에 다가서지 못하고
사랑의 눈길만 무수히 남긴 채
내 곁을 맴도는 그대이기에 여운이 남습니다.

그대를 잊지 않을 겁니다.
언제나 샛별처럼 반짝이며
밝은 미소로 내 곁에 머무르는 그대이기에
어느 날 훌쩍 떠나버린다 하여도
그 기억 오래도록 지우지 않으렵니다.

# 잎새야 안녕

한영택

가야 할 때 떠나는
뒷모습이 아름답다

풀코스 완주한 마라토너처럼
보기엔 화려하고 좋아 보여도
보이지 않는 그 속에
아픔이 있었으니

이별의 손수건 휘날리며
땅 위에 떨어진 모습 애잔하다

너를 사랑하기에
더는 아파하지 말자고
멀고 먼 길 떠나간다
붉고 노란 맘 가슴에 가득 안고서.

잎새야 안녕!

## 오인숙 시인

경북 의성군 출생
경북 구미시 거주
대한문학세계 시 부문 2015년 1월 등단
사) 창작문학예술인협의회 정회원
대구교대 문예창작 평생교육 수료
21세기 생활인 문인협회 회원
장원한자 전국 어머니 수필공모 장원
누구나 처음은있다, 인연, 동인지 다수
이메일 : skeoh@hanmil.net

# 단비

오인숙

찌는 듯한 무더위도
온 지구를 태워버릴
불덩이 같은 태양도
가슴에 품고 있는
그리움 하나가 있어
견딜만하더라
간절했던 소망은
만남으로 이어지고
촉촉이 스며들어
빼곡히 차오르는
그대 향한 그리움
설렘과 보고 싶음의 끝은
만남인 줄 알았는데
만남은 그리움을 낳았네

# 수세미

오인숙

노랑 머리핀 꽃은
파란 빛깔 소녀
하얀 나비 코고무신
책 보자기 옆에 차고 달린다
흰 고무신 수세미에
검정비누 칠해서
싹싹 문지르면 까만 땟국물이
개울을 덮는다
개여울 따라서 떠내려가는
고무신 잡으려 달린다
바윗돌에 걸려
뱅글뱅글 소용돌이치는 고무신
물살이 바삐 흐르다
바위에 부딪혀 소용돌이치며
돌고 돌아 세월을 거꾸로
세워 두고 열 살 소녀가
돌다리에 앉아 발을 담근다

# 비가 되어

오인숙

비가 내리면
막연한 기다림
빗소리 토닥토닥
가슴속으로 파고들고
비가 쏟아지면
그리움은 폭포수로
가슴을 내리친다
비가 오는 날은
홀로 있기 어려워
꽃무늬 레인코드
노란 장화 신고
임 마중 서두른다
오지 않을 걸 알지만
기다림. 없이도 장마처럼
비로 내리고 또 내리셔요

# 가을이 오는 소리

오인숙

구름이 길 잃고 헤매다
산을 감싸고 돌아오다
바람을 만나 얼싸안는다
초록 나뭇잎이
단풍들기 싫었어
마지막 몸부림은 거세고
떠나는 뒷모습을 보며
잡아줄 이 없어 눈물을 흘리나
여름의 끝자리 말복
가을의 문턱 입추가
짧은 만남 긴 이별이
안타까워 소리 내어 운다
이별이 서러워야 하건만
오고 가는 작별인사로
얼굴빛이 해맑아지는 날

# 장마

오인숙

며칠을 올까 말까 망설이다가
벼르고 벼르다 그대 오셨어
밤새 머물고 뽀얗게 밝아오는
아침에도 내 곁에 있네요
포근히 잠 못 듦은 익숙하지 않은
그대 숨결 때문이리라
잠시라도 그대가 불러주는
노래에 잠들 수 있어 행복했어요
그대 내게 오래 머무는 날
마음이 고요해지고
영혼이 정화됨을 느낍니다
며칠만 머물다 가세요
긴 기다림으로 가슴이 갈라지는
아픔은 싫으니
알맞은 때 찾아오셔요
언제나 가슴 한 켜를 비워두고
그대 기다립니다.

# 조롱박

오인숙

뽀송뽀송한 함박웃음
푸른 치마저고리 걸치고
옷고름 풀어헤치면
젖무덤 속 뽀얀 속살
모든 것을 다 주고
속을 파고 비워야
담을 수 있다는 교훈
넉넉한 엄마의 정이
주렁주렁 걸려 있다.

# 소나기

오인숙

어둠이 깔리더니
울음소리 요란스럽다
슬픔을 가슴에 가득 담고
통곡 소리 천지를 흔드네

가슴속 숨겨둔 사랑
마른장마로 보내고
속 시원히 술술 뿌리어
마음속 그리움 한방에
잠재울 묘약으로
내리면 좋을 텐데
가슴속 울부짖음은
망설임으로 반복되고
살짝 스치듯 지나가네
천둥 번개로 성급한
고백하고 지나치니
그대 내게 왔으나
아니 온 것만 못하네

# 7월에는 가슴으로

오인숙

사랑은 물음표가
아닌 느낌표입니다
왜냐고
왜 사랑하느냐고
묻지 마셔요
서로의 느낌으로
좋아하는 감정으로
시작되는 거니까요
사랑은 언제나
예스입니다
다음이라고
말하지 마세요
사랑의 기회가
항상 대기 중인 건
아니잖아요
오로지 느낌 하나로
사랑할래요

# 초여름

오인숙

초록이 짙은 먼 산 넘어
뻐꾹새 울음소리 여리게 들리고
불어오는 바람결에 전해오는
밤꽃 향이 폐부로 스며든다
사랑하는 사람과 이별 후에
비가 내리듯 한 방울 두 방울
비는 내리고
밤새 가슴으로 비를 맞고
마음은 흠뻑 비에 젖는다
그리움이란 그놈은 비에 젖고
또 적시어도 짧은 만남 긴 이별의
여운처럼 머리는 무겁고 몸은 지친다
한 잔의 커피의 목 넘김으로
비로 적신 마음 어르고 달래어
봤지만, 더 짙어만 가는 그리움
아련하게 머무는 밤꽃 향 내음

# 오월이면

오인숙

내 고향 오월이면
온 산야에 뽀얀 치아를
가지런히 하고 환하게
웃는 너를 볼 수 있다.
하얀 얼굴에 끌리어
걸어가노라면
여인의 향기에 취한다
그 꽃이 필 때면
해 질 녘 소쩍새 소리
임을 부르면 운다
피를 토하듯 애절하다
접동접동 아우라지 접동

# 난타

오인숙

물이 흐르는 빨래터에
무명 이불 홑청을 빨랫방망이로 내리친다
가족 애환이 방망이 장단에
땟국물이 흘러내린다
방망이질 소리는 더 높아만 간다
풀을 먹여 빨랫줄에 널어 두었다
바삭 마른빨래에 입안 가득
물을 머금은 후 펌프질로 이슬을 뿜고
각지게 개킨 후 다듬이는 시작된다
똑딱똑딱 한풀이 장단은
동짓달 긴긴밤을 호롱불을 밝히고
근심의 주름 배고픔의 주름이
희미해져 간다

세탁기가 빨래하고
옷 주름 펴는 일은 다리미가 하고
사람의 마음의 주름을 펴 주는 난타
두 두 둥 두 두 둥
흥겨운 가락 화려한 춤사위로
슬픈 일은 반으로 줄어들고
기쁨은 곱절로 나누어 갖는
행복을 부르는 두드림

# 개밥바라기별

아하
그랬구나!
온종일 묵묵히 기다린다
문 열리는 소리에 귀를 쫑긋 세우고
온몸으로 표현하는구나
여태 살아오면서
이리도 반가움에 온몸으로
표현을 받아 본 적이 없구나
목소리에도 쉽게 반응하고
가까이 가면 온몸으로
비비면 덮치듯 다가서는
넘쳐나는표현
부담스러우리만큼 가감한 몸짓
사랑하지 않을 수 없네

뼛속까지 사랑스러운 너
품속에서 떠난 아이들의
빈자리를 채워주는
나보다도 옆 지기에게 더
살갑게 꼬리를 치며 애정표현을 하네
너로 인해 올해 겨울은 무척
포근하고 따뜻하단다
내가 좋아하는 저녁별
강아지는 서쪽 하늘에 살짝
나타나 미소를 짓게 하는 샛별이다

# 초승달

오인숙

너를 처음 보았을 때
가슴이 알싸했던 기억
입술에서 곡선으로
내리는 첫 잔의 느낌
차가울수록
애잔한 우리 사이
높고 찬 곳에
너를 세워두고
잔을 기울인다
그리움을 잔 위에 얹고
웃음을 나누어 마신다
헤어짐이 아쉬워
나뭇가지에 매어둔다

# 언어의 방황

삶의 무게가 힘에 부치고
언어는 막히어 말을 할 수 없어
푸른 바다로 떠난다

답답한 마음 바닷물에 풍덩 담그고
덕장, 바람에 고들고들 말려두었다가
갯내음 온몸에 묻혀오면
멈추었던 심장이 깨어나 뜀박질한다

쪽배는 삶의 등짐을 육지에 내리고
바람에 몸을 편안히 맡기고
닻의 사랑에 안기어 잠을 잔다
바위에 온몸을 부딪쳐
몸을 씻어 우윳빛으로 변해도
파도는 쉼없이 바위를 문지른다

먼바다 물결 위에 햇살이
반짝거리며 속삭인다
언어는 파도를 밟고 뜀뛰고

자유로운 날개를 갖고도
갈매기는 멀리 날지 못하여
바다와 하늘이 손잡은 곳에
언어를 심어둔다

# 박정근시인

대전출생
경북 문경시 거주
라이팅디렉터
제이라이팅 대표
공방사랑인 대표
2015년 대한문학세계 시 부문 신인문학상 등단
2015년 대한문학세계 수필 부문 신인문학상 등단
사)창작문학예술인협회 정회원

# 목련꽃

임 찾아 떠돌던
이룰 수 없는 사랑
서러운 꽃으로 피어난
공주의 넋이여

이루지 못한
그 사랑 서러워
고개 떨구며 꽃핀 봄은
눈물이 비로 내리고

그 임 그리워
멀고 먼
북 쪽 바다를 향해
애달프게 피다

힘없이 꽃잎 떨구는
여인네 뽀얀 분 냄새 닮은
하얀 목련
서러운 꽃이여!

226

# 버들피리

박정근

청보리 넘실대는
밭도랑 지나고
철둑길 넘어서면
맑은 뒷내울 있었지

곧은 버들강아지
살짝 비틀어
하얀 속살 뽑아낸
부드러운 대롱

조각돌로 벗겨내
입술에 살짝 물고
삘릴리 삘리리
힘껏 불어대던 버들피리

느티나무 아래까지
삘릴리 삘릴리
줄지어 불며 달리면
깜장이 얼굴들이
노을빛보다 더 붉게 물들었었지!

# 수다쟁이

박정근

톡 톡
토도독 토도독
또르르르 또르르르

수다쟁이 봄비
처마 아래 모인 물에
풍당풍당 물장구치며
혼자 놀다가

봉곳 솟아오른
영산홍 꽃망울에 매달려
토도독 토도독
귓속말 수다가 한창이다

부르르
간지럼 털어내는 영산홍도
문틈으로 훔쳐보던 나도
수다쟁이 봄비 탓에
하루가 간질거린다

# 봄비 오는 날

박정근

열린 들창
먹장구름 하늘에
바람 같은 그리움이
일렁거린다

진하게 내린
커피 향 같은
그 깊이를 알 수 없는
그리움에 젖어

골목길 내려 다 보이는
창에 기대서서
또각또각
빗소리 따라
올 것만 같은 너를
또 기다리다

식은 커피잔에
더운 가슴 쓸어안는
봄비 오던 날!

# 찔레꽃

박정근

돌담 끝 살구나무
그 길모퉁이 돌아서면
오솔길 따라 가득하던 찔레꽃은
둥근 달 떠오르는 밤이면
너처럼 하얗게 빛났지

달빛 내리는 밤
나도 모르게 줄달음 쳐대는
어린 날의 그 기억 속에서
나는
찔레꽃 같은 너를 그리며
너에 하얀 미소를 찾아 헤맸다

겨울 지나던 어느 봄밤
곱게 내리는 달빛에
너를 그리워하다
나이 들어 어른이 되었다고
이젠 너처럼 나도 하얗게 웃는다

# 별을 던지다

박정근

소년이
귀한 분유 깡통 하나 주워다
어머니 몰래 부엌칼 훔쳐내
깡통을 가르고
대못으로 송송 구멍을 뚫어
삐삐선 묶어
쥐불 통을 만들었다

쥐불 통에 알 불 가득 넣어
빙빙 빙빙 돌려가며
하늘에라도 닿을 듯이
들판을 달리던 밤
소년은
고만고만한 꿈과
고만고만한 소망만 담아 하늘 높이 던졌다

불티에 구멍 뚫린
나일론 잠바
밤이 늦도록 어머니께 지청구를 들어도
밤하늘에 던져놓은 조각별 생각에
소년은 그날 밤도 히죽히죽 웃었고
나이가 든 소년도
오늘 밤 히죽히죽 웃는다

# 어머니

박정근

부르고 또 불러도
다 부르지 못하고
그리고 또 그려도
다 그리지 못하는
내 어머니

지난밤 꿈길
연분홍 치마저고리에
비단신 곱게 신으시고
눈길 한번 겨우 내려놓고
어딜 그리 가셨나요

부르고 또 불러도
다 부르지 못하고
그리고 또 그려도
다 그리지 못하는
내 어머니

하얀 찔레꽃 피고
영산홍 붉게 고운 날
엄마 엄마
애타게 부르는 나를
꿈길에서 보시거든
한 번만 안아 주세요
내 어머니!

# 너는 떠나고

박정근

네가 무심하게 돌아서던
그 신작로 위로는
어느새 조각난 별빛들이
부서져 내리고

뒷산 언저리엔
별빛 잡아챈
네 눈빛 닮은 달 하나
숨죽여 떠 오른다

별빛따라 달빛따라
흔들거리던 마음 하나는
이 밤을 또 하얗게 지새우다
누울 곳을 찾는다

# 등

혹시나
그대 오시려나
이른 저녁부터
외등 하나 밝힙니다

혹시나
그대 오시려나
작은 창틀위에
촛불 하나 밝힙니다

그대 오시던 길
한참을 서성이다
후
촛불을 끌 때면

촛농처럼 흘러내린
그리움을 훔쳐냅니다

# 하얀 그리움

박정근

이제나저제나
삽작거리만 바라보시던
우리 어머니 그리움이 하얗다

광주리에 이고 오신
김이 모락모락 피어오르는
가래떡이 하얗고

입에 머금은 물을 푸 뿌려가며
새로 바른 방 문짝이
그믐밤 속절없이 내리던 눈보다 더 하얗다

바스락 바스락
빳빳하게 풀을 먹인 솜이불이
겨울밤 달빛보다 하얗고

하염없는 기다림
그 세월 내려앉은 우리 어머니 흰 머리가
굴뚝에 피어오르는
군불 연기보다 더 새하얗다

# 안경

박정근

노안이 온 겁니다
대수롭지 안다는 듯
그렇게 사내가 말했다

묘하게 생긴
안경 틀에 이것저것
많이도 갈아 끼운다

참 신기한 일이다
흑백 텔레비전을 보다가
선명한 컬러텔레비전을 보는 느낌이다

노안이라는 말에
부글부글 끓어 오르던 심사가
재주 좋은 사내 앞에서
히죽히죽 웃고 서 있다

# 꽃 비

박정근

굽은 신작로 돌아
길게 늘어선 벚나무 그늘로
꽃 비가 내린다

우연히 찾아든
꽃길을 걸으며
다음에 꼭 다시 오자고
몇 번인가를
다짐받고 또 다짐받던 당신은
지금은 어디에도 없다

모퉁이 돌아
작은 찻집까지 가는
그 골목길에서
꽃보다 더 화사하던
당신 미소가

오늘은
작은 바람에도
힘없이 떨어지는
꽃 비가 되어 내린다

# 늘 그 자리

박정근

초저녁부터
한 잔 두 잔 더해진
술 탓인가
한참을 걸어도
같은 거리 그 술집 앞

비우고 또 비워도
다시 채워지던
술잔처럼

가슴 한구석에서
차오르던
그대 향한 그리움

탁자에서 떨어진 술병은
조각 난 꽃으로 피어나고
나는 그냥 그 자리에
주저앉아 버렸다

# 눈물 꽃

박정근

한 방울
두 방울
떨어지는
눈물

다시는
만날 수도
다시는
부를 수도 없는
이름이

향기 없는
마른 꽃으로
피어나
밤바람에
흔들 거린다

# 여관구 시인

2005년 국가공무원 퇴임 (국립농산물품질관리원)

옥조근정훈장 받음

경산볼링협회 고문

MBC 주관 제2의 인생을 산다. 수기공모 입선(2014년)

2014년 6월 대구예술대학교 평생교육원 "시와 창작 과정"수료

2014년12월 대구교육대학교 평생교육원 문예대학 시창작 과정 수료

21세기생활인 문인협회(대구)회원

(사)창작문학예술인협의회 정회원

현 경산미르치과병원 관리부장

# 가을은 아픈가 보다

여관구

높고 파란 하늘아래
뭉게구름은 석양빛 손잡고
붉게 피어오르는 꿈을 꾸니
가을은 아픈가보다.


파란 감잎사귀 사이에 붉은 입술 감추고
언덕배기에서 불어오는 소슬바람에도
얼굴이 홍당무가 되는
가을은 아픈가보다.


코스모스 손짓하는 향긋한 들판에서
메뚜기 방아깨비 쌍쌍이 등에 업고 거니는
풀잎위의 발자국소리
가을은 아픈가보다.


가슴 아파 붉어지는 단풍잎을 보면
그리움이 문득 문득 밀려오는
계절의 끝자락
가을은 아픈가보다.

# 씀바귀 노란 꽃

여관구

씀바귀 노란세상 만드는 아침
하루를 살더라도 보람으로 피는 꽃

노란웃음으로 제 세상을 만들고
하루를 자기 세상인 듯 뽐내며 살다가
세상에서 들은 얘기 숨기고 잊으려고
웃음 멈추고, 입 다물고 눈 꼭 감고
어둠을 하얗게 새우더니 하얀 백발이 되었네요.

파릇파릇 움 돋을 때
입속에서 하얀 웃음이 나올 것 같아
침 삼키며 뜯어 새콤달콤 만들어 먹은 것이
저렇게 커서 노란세상 만들었네요.

내 입속에도
내 맘속에도
내 위속에도
내 머릿속에도
내 몸은 온통 노란 씀바귀 꽃이 피어라.

# 질투

여관구

싱그러운 푸름 속에서
살며시 웃으며 깨어나는 아기처럼
화사한 마음속에 장미꽃 사랑이 찾아온다.

빨간 웃음 속에서 톡톡 터지는 너의 향기는
내 마음을 잡아끄는 내 사랑처럼
마음을 두근대게 하고
뭇 사람들의 시선이 너의 예쁜 모습으로 몰릴 때
그 시선들에 꺾일까 봐 가시를 세워 놓는다.

내 마음도 그대의 예쁜 모습에
질투를 세워놓고 그대를 지키기 위해
향기를 가시에 숨겨놓는다.
열정적인 그대의 모습에 내 마음은 흔들리고
자지러지게 웃는 모습에서
사랑은 질투처럼 가시가 돋는다.

# 남의 눈을 내려놓자

여관구

떠받들어 살아온 인생들
내가 나를 찾는 길은
나의 마음을 내려놓는 것이다.

지나온 날들이 화려하지 않았더라도
연륜이 쌓인 내 인생의 묵은 보람들이
내 자존심을 감싸고 있더라도

병아리가 알에서 깨어 나오듯이
자존심의 울타리를 헐지 않고선
남의 눈에서 벗어나지 못하리라

이제는 남은 삶을
어떻게 맛있게 요리하며 보람되게 살까를
생각하며 살자.

# 아름다운 여인

여관구

꽃봉오리 속에 숨겨놓은
너의 마음 너의 모습이 궁금하여
애타는 내 마음은 벌이 되어
무릎 꿇고 네 가슴에 내려앉아
은은한 너의 향에 취해본다.

방긋이 웃으며 잠에서 깨듯이
피어나는 장미꽃
온몸에 열정을 담아
사랑을 젊음으로 녹이더니
젊음의 향기가 빠져나간 자리에도
네 마음의 향기가 가득하구나.

세월을 흠뻑 쥐고 시들어가는 그대여
젊음의 향기가 없어졌더라도 짙은 마음의 향기는 있지 않소.
당신의 마음에 꽃잎이 지기 전에 짙은 웃음꽃을 피워봅니다.

비록 시들은 장미일망정 향기를
잊지 않기 위해 노력했을 한 생애
너는 역시 아름다운 여인이었구나.

# 친구

여관구

젊음을 함께했던 친구들은
하나둘 떠나가고

지난날 함께했던
아름다운 추억들은
하나둘 내 곁으로 다가온다.

나도 언젠가는
함께했던 옛 친구들을 만나러
추억을 모두 안고 그곳으로 가겠지?

홀로된 외로움을 그들은 알는지

## 고향 마을

여관구

어둠이 묻혀있는 이곳에
어쩌다 보이는 별들을 바라보며
어릴 적 산울타리 안 고향마을 하늘을 그려본다.

마을 호롱불만큼이나 수많았던 초롱초롱한 별들
우리들의 수만큼이나 많았는데
그 고향마을도 이제 이 하늘의 별들처럼
내 머리의 머리카락처럼
마음의 여유를 부린다.

착하게 사는 사람들이 많았던 마을
개울물 맑게 흐르는 곳에 마을을 이루고
참새 떼들 내려와 목욕하던 곳

초가집 굴뚝연기 내려앉아 밥을 지으면
구수한 밥 냄새가 허기를 부르고
지나가는 나그네에게 정을 베풀던 곳

이제 그때 흔적들은 잊히고 있구나.

## 물그림자

지나온 인생 걸음걸음 뒤돌아보니
발자국마다 가득가득 눈물이 고여 있네.

그 속에 비친 지난날의 기쁨들이
마음을 저미게 했던 삶의 어려움들이
내 마음을 짓밟았던 어리석음들이
생각에 거울을 비추듯 뚜렷하게 스쳐가네

어둠살이 지면
하늘의 그림자가 달을 품었다가 별을 품었다가
바람이 지우며 지나갑니다.

물그림자 속에 비친 저 늙은이 누구인가
물그림자도 늙었는지 내 모습이 아니구나.
아직도 내 마음의 모습은 저 모습이 아닌데

# 단풍

상쾌한 날에
푸르른 숨결이 왕성하였다.
책임 있는 삶을 살기위하여 분주하던 이
해가 기우는 어느 날부터인가
12도의 저녁술과 24도의 낮술을 주야로 먹더니만
화색이 노랗게 변하기 시작했다.
인생의 황금기를 지난 탓인가
무슨 걱정과 고민거리가 그다지도 많은지
말 못할 고민을 술로 달래는지
침묵 속에서 화색은 점차 홍당무가 되어가고
자기모습에 도취해 몸도 가누지 못한다.
화려한 날은 가고 결국엔 눈도 뜨기 힘겨워
눈물로 세월을 보내던 이
껌 딱지처럼 땅바닥에 달라붙고 말았다.

# 가을비 우산 속

단풍잎을 우려내는
가을비가 내립니다.
꽃물을 우려내는
마음비가 내립니다.
모과 향을 우려내는
눈물비가 내립니다.
예쁜 꽃물이 녹아내리고
달콤한 향기가 빠져나와
내 마음으로 스며들면 내 마음은 순해지고
나는 가을이 됩니다.
가을비 우산 속에 내가 있고
그 속에서 가을이 익어갑니다.
구름사이로 쏟아지는 가을향기를 맞으며
오늘도 가을은 여물어 갑니다.

# 봄 마음

여관구

긴장으로 싸맸던 마음이 헐거워 질 때
마음 틈으로 스며든 햇살 한줄기처럼
천냥빚을 갚는 말 한마디가 마음을 따뜻하게 하네요.

뜨거운 마음으로 감싸준 그대여
포근한 마음속에 송두리째 갇혀서
평생이라도 같이 하고픈 삶

그대 품속에서 한번쯤은 어스러져도
참. 좋았을 순간들

화사한 마음속에 찾아온 봄꽃처럼
가녀린 날갯짓하며 내 입술을 더듬는 나비처럼
사랑 한 짐 지고 날아온 너에게
내 행복을 모두 주고픈 봄날입니다.

# 사랑놀이

여관구

사랑은 꿈인가요?
질투인가요?
아픔인가요?

벅찬 감동이 사라진 뒤에도
잔잔히 흔들리는 기쁨이 있듯이
그녀의 깊은 체온이 사라진 뒤에도
부둥켜안고 가야할 사랑이 있습니다.

붉게 타오르는 욕정을 식히며
스르르 감정을 잡아 매는 저녁
사라진 사랑 다시 찾기 어려워라

헤어진 뒤에도 아쉬움을 찾는 시간이 있습니다.
사랑이 식은 뒤에도 뜨거움을 생각하는 날들이 있습니다.

뜨거웠던 시간이 추억이 되는 날
그날들은 다시 오지 않겠지만
어디서부턴가 또 시작해야 할 사랑놀이.

# 설렘을 안은 마음

여관구

기다림 끝에
봄을 준비하고 나온 아름다운 꽃들
고통을 이겼기에 설렘도 있는가 봅니다.

풋풋한 새싹처럼 싱그러움을 함께하는 젊음의 연인
눈만 마주쳐도, 손길이 닿기만 해도
마음에 전율이 흘러 사랑으로 감전될 지라도
우리는 어떤 고통도 이겨낼 수 있습니다.

맞잡은 손으로 흐르는 뜨거운 전율 속에서
사랑을 키워 행복의 싹이 파릇파릇 자라
꿈같은 사랑과 행복이 내 가슴속에서 팔딱일 때
나는 그대 맘속으로 스며듭니다.

희망의 꽃봉오리가 방긋이 웃을 때
행복한 내 마음은 나를 작아지게 하지만

이 행복한 세상에서 언제까지나
설렘을 안은 마음과 사랑으로 살렵니다.

# 손자 꽃

여관구

봄 망울
봄 햇살
봄바람이 아지랑이 깔아놓고 포근히 안아주던 날
손자와 함께 봄 마음속으로 들어왔다.

봄을 바라보며 방긋방긋 웃는
손자의 얼굴에도
입술에도
눈망울에도

봄 망울과 봄 햇살과 봄바람이
귀여움을 어루만져 주네요.

아장아장 걷는 걸음걸음마다
아지랑이 아롱아롱 따라오고

방긋이 웃는 입술사이로 보이는 꽃잎 두 장
얼굴에 활짝 핀 보조개 꽃 두 송이
초롱초롱한 눈망울 두 송이
손자의 얼굴에 피어난 꽃들입니다.

# 동행의 길섶

**대한문인협회**
**대구경북지회 동인지**

초판 1쇄 : 2015년 5월 31일
지 은 이 :

    김대식, 유필이, 정병옥, 임정호, 김은식

    박진태, 이정규, 채현석, 백낙은, 김영애

    한영택, 오인숙, 박정근, 여관구

펴 낸 이 : 유필이

디자인 편집 : 한지나

기 획 : 시음사

인 쇄 : 청룡

연 락 처 : 1899-1341

홈페이지 주소 : www.poemmusic.net

E-Mail : poemarts@hanmail.net

정가 : 10,000원

ISBN : 979-11-86373-06-4